Seba・蝴蝶

Seba・蝴蝶

蝴蝶館 13

禁咒師

卷柒

Seba 蝴蝶 ◎著

目次

人物介紹

甄麒麟

當世唯一被賦予「禁咒師」稱號之人。自從在崇家獨立面對大神重，麒麟的生命只能依賴頭上麒麟角維繫，然而封天絕地也隔絕了東方天界的育聖池，麒麟於是前往歐洲，想藉由獨角獸聖地「春之泉」的力量，轉化為慈獸。然而未來之書卻同時造訪，提供了一個更為惡質的建議。

宋明峰

茅山派宋家最後擁有天賦的傳人，擁有奇異血緣天賦的他，拜入禁咒師門下後，能力逐漸得到啟發，卻也同時引來神魔兩界的注意，爭端一觸即發。自從魔界回歸之後，徹底封天絕地給了明峰一段寶貴的成長與緩衝期，又無意間服食了應龍的如意寶珠，隱隱有青出於藍，成為新任禁咒師的架勢。

蕙娘

麒麟早年所收服的式神，雖然常以宋代仕女的嫻雅形貌現身，本相卻是已修行八百年的大殭屍。生前曾是名動京城的廚娘，如今則以其絕代廚藝餵養麒麟永不饜足的胃口，是麒麟最貼身的助手、管家，也是最得力的戰友與知交。

英俊

姑獲鳥的族民，飛機的守護「妖」，形貌為具有九頭蛇頸的鳥身妖禽。一次機緣巧合成為明峰的式神，此後終其一生追隨明峰。一般型態下為九頭鳥身，變身為戰鬥型態時，會化身為睜著無辜大眼的蛇髮少女。

不過這位少女在禁咒師師徒遠赴魔界觀光時，被明熠求婚成功了。感情上的成熟，同時也令她的妖力大幅成長。

史密斯

紅十字會的一名教員，負責管理大圖書館，明峰在求學時期曾擔任他手底下的圖書管理員，同時也是將明峰推薦給禁咒師甄麒麟當學徒的介紹人。據說他是個十八世紀的鍊金術士，因為實驗意外而獲得長壽，但真相如何只有他自己知道。

雙華、王母玄

遠古神族大戰，神魔分野，導致天柱斷折，為保三界命脈，身為當代繼世者的雙華上天為帝，是為天柱化身。玄公主為前天帝之女，本是看守天柱的少女巫神，天柱斷折後深感有虧職守，偕雙華為帝，委身下嫁而成為王母，並設計取雙華元神欲再造天柱，結果產生更大的悲劇。

鬼武羅

居住於崑崙山附近，看守天帝密都青要之山的降霜女神，原是山鬼一族的女子，經修練而成妖仙，擁有洋溢著生命活力的美貌。據傳她頗受天帝青睞，是三界人人都知道，卻沒有人敢說破的，天帝的小老婆，因而令王母嫉妒憎恨。

悲傷夫人

世界誕生之初，創世者所造的七位古聖神，第一個誕生的便是悲傷夫人。曾協助創世之母創造人類，對人類極為寶愛，因常代人類承受悲傷，故名悲傷夫人。天柱斷折時，為求阻止世界毀滅，以自己雙目為獻祭，讓世界保有一線生機。

上邪

在如來世尊懷中出生，修行數千年的上位大妖魔，身世極為顯貴，傳說他本有靈獸狻猊的血統，但因上古時代令神魔分野的大戰，導致未出生便落入魔界，實際上卻是有資格問鼎帝位的天人皇家之後。曾一度被梵諦岡黑薔薇騎士團拘禁，脫困後逃往列姑射都城，成為幻影咖啡廳的點心名廚，並且有了人類妻兒。（詳見《上邪》）

翡翠、岑毓

翡翠是上邪來到列姑射島後，結識的言情小說作家，深得上邪眷顧愛戀，並結為眷屬。岑毓本為翡翠與前夫所生，卻擁有部分接觸裡世界眾生的能力，後為上邪認養。（詳見《上邪》）

姚夜書、龍史

世界誕生之初，創世者積極實驗創造各種奇形生物，其中一個女身蛇尾的異種存活，自稱名為龍史，擁有能在虛空觀見故事的天賦，稱為「史家筆」，其血脈代代流傳，而今為姚夜書所繼承。姚夜書能力奇特且強大，上至與古聖神平起平坐的未來之書，下至陰差鬼司遊魂冤厲，均無法抗拒其「故事」。（詳見《姚夜書》）

龍環、劉靜彤

應龍受代天帝帝嚳屠戮，幾近滅族，僅極少數逃到人間，身為應龍少主的龍環即為其中之一。流落人間的應龍族民為求生存繁衍，常被迫生育，龍環不願如此，遂外出遠遊，不料卻遭到人類設計禁錮。劉靜彤本是列姑射一名女大學生，旅遊期間被拐騙成為應龍祭品，結果與龍環相識。

龍玦、謝芳菲

龍玦是少數流落人間的應龍族民，為求生存，而托庇於人類夏家，成為式神。謝芳菲本為人類公主，因背負亂倫血緣，而被生父滅口，此後一縷芳魂寄於桃林，修成花鬼。兩人相識又相離，芳菲再度轉世寄生，龍玦則心灰意冷，折角自我放逐。（詳見：《雙心》）

子麟

聖獸麒麟一族的現任族長，在東方天界地位十分崇高。麒麟又稱慈獸，因不欲殺生，唯恐踩到小蟲子，故常足不點地，漂浮於空。聽聞大聖爺與人類結親，子麟私自下凡嫁與其子嗣，因此甄家血脈亦可溯自麒麟一族。

初代

創世者尚未隱遁之前，神魔猶未決裂之先，列姑射島還是一座遠比如今更為廣闊的大島，天柱座落於此，煥發籠罩初民的光輝。當時列姑射已有都城形成，且孕育出第一位魔性天女，由魔性天女遴選出的第一位管理者，便是初代。天柱斷折後，初代亦身亡，魂魄寄於楊謹的天使公寓。（詳見《妖異奇談抄》）

釋慧、徐堇

文殊菩薩香案下出生的蜈蚣，常年聽聞佛法而悟道，而至佛土修行，法名釋慧。因緣際會，而與人類男子徐儒林結下姻緣，留下人類後代，其中徐堇是唯一身負濃厚蜈蚣血緣者。徐堇後與岑毓成為同班同學，經歷過許多事件。（詳見《上邪》）

楔子　It's my life.

「This ain't a song for the broken-hearted.
No silent prayer for the faith-departed……」
（這不是一首給傷心人的歌，
沒有為失去信仰者的默禱。）

麒麟輕輕哼著歌，這是邦喬飛合唱團的「It's my life.」
這是二〇〇三年的廣告冠軍金曲，時至今日，已經成了老歌了。但對她來說，依舊像是剛聽到一樣新鮮感動。

「I ain't gonna live forever.
I just want to live while I'm alive……」
（我不希望長生不死，

我只想趁活著得時候認真的生活。）

但我已經超越長生不死的境界了。麒麟自嘲著。美麗的眸子卻只是閃了閃，充滿戲謔。

又如何？

我就是要，我就是要認真過每一天，我就是要活在當下的那一刻。

It's my life.

她拖著鐵棒，衝過重重疊疊的殭尸，所過之處都是滔滔血海。靈活的飛躍翻轉，跳上四層樓高的控制中心。

「冷靜，冷靜！」厚重玻璃牆後面的實驗室主管大叫，「她沒辦法打破玻璃的！這可是最高科技的防護玻璃，連原子彈都無法打穿……」他的聲音越來越小，瞠目看著舉起鐵棒的麒麟。

她很美。即使臉上沾著污血，即使她眼底有著嘲笑的殺氣。她依舊輕鬆而美麗。將鐵棒高舉過頭，猛力揮下。

這面厚實、堅固，來自太空總署的尖端科技結晶，號稱原子彈也打不穿的玻璃牆，應聲而碎。不但如此，她揮下鐵棒的疾厲風壓將碎片像是子彈一樣射入昂貴的研究器材，引發劇烈的爆炸。

以為自己會成為蜂窩的實驗室主管，摸摸自己的身體，沒想到毫髮無傷。像是玻璃碎片長了眼睛，迴避了他。

「我不喜歡殺生。」站在護欄上的麒麟冷冷地說，「尤其不喜歡殺人。你解釋一下，」她挪了挪下巴，「這下面的殭尸是怎麼回事？我記得這鬼地方是無期徒刑監獄，幾時成了殭尸的煉獄？」

主管喉結劇烈的上下，他結結巴巴的回答，「妳、妳……妳可知道這是什麼地方？這可是……」

「這可是史無前例的實驗！這是非常偉大的實驗！」主管激動起來，「妳懂屁！妳毀了我們多年的苦心！這將是人類揭開長生不死面紗的好機會啊！等我們研發出疫苗，可以控制『病毒零』，人類將不會老化也不會死！妳這種無聊的人道主義者懂屁啊～我們可是A國總統直屬的尖端醫療團隊……」

「我管你是什麼。」麒麟睥睨著，「我管你是世界強國還是什麼鳥，我管你科學重不重要。我只知道要保護自己的眷族。」她斜眼看著眼前猥瑣的男人，「而你，我可不承認是眷族。會將人類圈養起來感染殭尸，基本上就不算是人了。」

麒麟冷笑兩聲，她原本溫暖的臉孔籠罩著寒霜，顯得遙遠而無情。「真正什麼都不懂的，是你。」

她展顏，又恢復陽光般的和煦。「因為這違反了聯合國簽訂的『禁止零條約』，根據兩年前簽訂的條約，紅十字會有權銷毀病毒株，所以請各位快速逃離此處，感謝合作。」

背轉過身，「如果你們能夠平安逃離殭尸利齒的話。我記得你們刻意將他們餓很久……」

麒麟沒有回頭，舞空從天花板的大洞而去。對底下的慘呼聽若不聞。

就說了，她對應付白痴很不擅長。

這些人憑仗著「科學」，就好像是已經拿到盾牌，利用一些骯髒手段弄來一些容易感染病毒的實驗者，然後用最美麗的話語，包裝醜惡的罪行。

她不願弄髒自己的手，就讓他們自己嚥下自己的苦果吧。

以淨火，燃盡這些罪惡。她凝視著龐大的監獄陷入火海，直到燒盡一切。

「尤老大，」她喃喃著，「有時候我也會後悔啊！有時候。」

但她還是微笑著，掏出小扁酒瓶。帶著淘氣的微笑。

一、地之竭

深深呼出一口氣，明峰疲倦的抹抹臉，將古箏放進琴袋裡。這比衝進去廝殺累多了。

但是，他倦了。即使只是魔物的生命，也讓他覺得不忍。不應該是這樣的。走到這種地步根本沒有意義。

「英俊，我們回家吧！」喚著他忠實的式神，他遲疑了一下，「……去麒麟那兒。」

已經很久沒回中興新村了。只剩下麒麟在的地方是個定錨，在她身邊才是家。

距離他們從魔界返回，已經二十個年頭過去了。

英俊和明熠的小女兒已經上了大學，堂兄弟姊妹都步入中年。他的父親和伯叔，已經是退休的年紀。每個人都安然的隨著歲月漸漸老去，只有他，依舊和二十年前沒什麼兩樣。

偶爾，很偶爾的時候，他會突然惆悵起來。總有一天，他會被留下，而所有的人都會走向終點……

或許不是所有人。他看著獰猛卻有著溫柔眼神的巨大姑獲鳥，還有遠方等待他的蕙娘和麒麟……

他不會是一個人的。

「我們快回去吧！」他微笑，「麒麟一定餓了。誰知道餓瘋了她會做出啥事……」英俊展開巨大的羽翼，疾馳如風般，劃過亮潔的天空。

胸口壓著一本漫畫，茶几上東倒西歪幾只空酒瓶。偉大的禁咒師張著嘴，很沒有形象的躺在沙發上，沉沉睡去。

這麼多年，這個不成材的師傅一點改變也沒有。

廚房傳來陣陣香氣，應該是蕙娘在煮飯。明峰無聲的嘆口氣，拾起掉在地上的毛毯蓋在麒麟身上，開始收拾桌子。

麒麟的睫毛動了動，睜開薄醺的眼睛，拿出耳機。「現在收拾有啥用？等等我還要喝的。你不如等我喝完一起收拾。」

「……妳還喝啊?!」明峰忍不住對她吼，「妳知不知道等待回收的酒瓶已經堆成一座小山了?!我生平第一次見到肝指數破萬的慈獸，妳到底有沒有自覺啊?!」

麒麟掏了掏耳朵，將震耳欲聾的耳機塞回去。

忍了又忍，明峰還是暴吼著撲上去，搶過她的耳機。大怒的麒麟推了他一把，搶回來……然後數十年如一日的戰爭又開打了。

英俊默默的走入廚房，幫著蓋桌罩，削馬鈴薯，和蕙娘一起做飯。

無力的瞥了眼打得滿室生塵、並引起輕微地震的那兩個人，蕙娘蓋住眼睛，「怎麼都養不大呢……」

化身為蛇髮少女的英俊溫柔笑笑，「有時候人類的心智跟年紀會成反比啦！」

「老天，真是愚蠢的生物，越活越回去……」

直到開飯，麒麟才把鼻青臉腫的明峰一扔，歡呼著撲上餐桌。

「妳是不是真的想宰了我?」摀著臉頰，明峰痛嘶出聲，「為什麼淨打我的臉?!」

「我是為你好。」麒麟仰頭先灌了一碗羅宋湯，「打成豬頭看能不能少惹一些奇怪的桃花。」

「我哪有？我哪有?!」明峰跳起來，「我最正直不虧妹、我榜樣欸！我哪裡有惹什麼桃花？妳亂講！」

「你大老婆寫e-mail給我，說你跟應龍族公主同行，連照片都有了，你看看你看看……」

應龍族公主？哪來什麼應龍族公主？明峰困惑了一會兒，恍然大悟，轉瞬間又大怒，「是哪個瞎子亂嚼舌根？我宰了他！那明明是應龍族的少主，什麼公主？男女都不分的嗎?!」

麒麟一叉子通心粉停在空中，愣愣的看著他。「……我以為只有音無讓你心動。徒兒，你要出櫃了嗎？」

「……出妳媽啦！」

蕙娘和英俊很有默契的各端了幾盤菜起來，省得他們滾在餐桌上打架時，毀了她們辛苦做菜的成果。

人類為什麼活得越老，心智反而越小呢？這真是個永恆的謎團。

等他們打過癮，麒麟甩著手，明峰青了一隻眼睛。

確定他們都打夠了，蕙娘和英俊才把手裡的菜放下，像是什麼事情都沒有發生。這麼多年，早該習慣了。

「我沒把妹也沒虧弟。」明峰盡力冷靜，「我只是剛好找到了應龍族的少主。妳也知道，這麼多年了，我一直沒忘記應龍所託……」他火氣還是又上來了，「有眼睛的人都看得出來，少主是男性好不好？就算他長得好看些又怎樣？他還是男的！而且，我不是拜託妳幫我推掉龍女的婚事嗎？什麼大老婆小老婆的……」

「呃……」麒麟轉頭，「本來是要推掉的。」

……本來？

「但我不知道伏羲族那麼擅長釀酒。」她搖晃著杯底的玉釀。

……幾罈子酒妳就把徒弟賣了?!

「麒麟妳這混帳東西……」

要不要再練拳頭呢？麒麟仔細而快速的考慮了一下。理論上，她吃飯的時候不動手，但難得可以打得這麼暢快……食物和痛快，讓她認真的煩惱了起來。

終究還是食物戰勝了。當然，還有龍女獻貢的玉釀。她火速轉移明峰的注意力，「怎麼？你終於找到應龍的後裔？沒有滅絕嗎？」

這招還真是該死的有效，明峰完全忘記被賣掉的事情。「我訪查許久，才終於找到了兩個。原本應龍遺族就不多，又受了『契約』的詛咒，老人不斷死去，又少有嬰兒出生，幾乎凋零殆盡了。

其中一個折角自我放逐，終生在尋找一個人魂。另一個就是少主。他在人間出生，意外的讓他能夠適應而生存下來……他有孩子出生了。」

孩子？應龍的孩子？麒麟張大眼睛。這倒是非常不尋常。神族和魔族都日漸凋零，無法正常的生育後代。原為天神的應龍族居然能在人間繁衍？在這天衰地竭的此時此刻？

明峰嘆口氣。他尋找應龍族已經很有段時光，老應龍臨死前的託付他一直沒有忘記。且不論他吞了如意寶珠，他既然已經應允，就會盡力而為。

巡邏地維之餘，他還會盡力追查。吞了如意寶珠後，他起了緩慢的變化，在春之泉薰陶五年，讓這種變化更明顯，已經可以感應到龍類的蹤跡。但龍族繁複，千變萬化，他找來找去都是徒勞無功，卻在維也納意外聽到龍吟，正是老應龍聽到的聲音。

等他找去，才發現是個已經折角立誓棄族的應龍族，名喚龍玦。雖然龍玦異常冷淡，「我已折角而去，不再是應龍族人。不過，當世應該還有我族少主。或許你該去尋他。我對繁衍種族，已經感到非常厭惡。」

他凝視遠方，目光虛無。「為了種族繁衍，付出太慘痛的代價了。」

「應龍繁不繁衍，其實我不是很關心。」明峰承認，「又不是繁殖場，還強迫人生育。但老應龍要求我看顧子孫，若你有什麼困難，儘管來找我。」

他露出譏誚的笑，瞥了瞥明峰，卻又正色。「……你身有應龍寶珠？」

明峰有些尷尬，「老應龍趁我不注意塞到我嘴裡……原本以為是玻璃珠的。」

龍玦仔細看了他幾眼，「你身有寶珠，當可號令天下鱗蟲。」

「……我號召天下鱗蟲幹嘛？」明峰驚訝了。

「財富、女人、權勢。」龍玦回答，「你不要？」

「我要那些東西做什麼？」明峰一整個莫名其妙，「紅十字會付給我的薪水夠用，我很忙的，沒空跟那些東西有瓜葛。」

龍玦凝視了他很久很久。

「一個人類鱗蟲之長，似乎也不是太壞。」龍玦喃喃自語著。

「啥？」什麼鱗蟲之長？他幾時成了那些爬蟲類的老大？

「沒什麼。」龍玦恢復冷漠，「既然你有心尋訪，說不定會有結果。我族在我離開後，發生了大瘟疫，幾乎死絕，之後漸漸老死，僅餘稀薄血脈在人類後代中。」

他沉默片刻，像是在強忍著極大的痛苦。

「最後一個老友在病故之前找到我，託我去尋找失蹤的族弟。他源出於應龍族長，是我族最後的少主。但他外出雲遊從此不知所蹤……縱我折角，但能力依舊還有五六成，耗費上千年的光陰，我依舊找不到他。」

苦澀的笑了笑，「或許你可以。」

明峰答應了他。

應龍少主最後的蹤跡出現在河南一帶，他也就去了河南。

說到這裡，明峰沉重的嘆口氣。

麒麟心知有異，「沒找到？」

「找是找到了。」明峰低下頭，「但我……麒麟，人類真的很奇怪。我真的不懂，真的……為什麼可以這麼若無其事的做出這種事。」

在黃土高原，有個豐饒的富村。因為有個不會乾涸的水源，所以這個村莊非常富庶。在荒蕪的大地上像是個綠洲。

但這個村莊非常封閉，排斥外人。明峰會刻意到這個偏遠的村子，是因為聽說了這個村子有個靈驗的「應龍祠」。

大約是這個祠名讓他心底一動。雖然他感應不到任何鱗蟲的蹤影，但他還是強烈的想去看一看。

因為是外人，所以他沒辦法進應龍祠，連圍牆都不可靠近。但他注意到，這村莊的水源源頭，似乎就在應龍祠裡。

注視著清澈的河流，他覺得傷腦筋。但就在這時候，他的左眼似乎模模糊糊看到什麼……遮住右眼，他從左眼望出去。

他看到了虛弱殆死的應龍少主，和一旁哭泣的人類女孩。那女孩明顯懷孕了。

在他試圖進入應龍祠的同時，應龍祠差點全毀——他終於知道為什麼龍玦和他都找不到失蹤的少主龍環。

人類為了保住水源，欺騙了溫和對待他們的龍環，掏出他的內丹藏在塑像裡，並用鎖龍鍊鍊住塑像，且將失去內丹的龍環拘禁在地下伏流的深幽洞穴。

每百年，他們獻祭一個新娘給龍環，定期供應食物和禮物。就這樣，將龍環拘禁了千年。

這千年的拘禁，嚴重損壞龍環的健康。除非他在結界內生出另一隻應龍，不然沒辦法破壞禁制。畢竟禁制是加諸在他的內丹上面，等於用他的力量禁錮自己。

但這年獻祭的新娘，意外的生出了純種應龍。

「事實上是未足月的應龍。」明峰悶悶的，「可憐的孩子……那村的主祭發現了新娘懷孕，想要殺害新娘……結果這孩子未足月就出生抵抗。要不是我發現得早，這一家子搞不好死了個乾乾淨淨，我怎麼對得起老應龍的託付？」

「那女孩不是他們在地人，說起來和我們有些淵源。她原是列姑射的大學生，還是臣雪的學姊呢。去大陸旅遊，結果被綁票獻祭……」

「我知道。」麒麟打斷他，掏出一本小說給他。那本小說封面赫然寫著《應龍祠》。「幾乎都吻合……最後他們都到列姑射島安家立戶，對吧？」

明峰匆匆翻閱，眼睛越瞪越大。除了人名不對以外，幾乎吻合度百分之百。

「……這是怎麼回事？」他失聲叫了起來。

「這是個發瘋的小說家寫的。」麒麟端起玉釀，「很有趣。末世將臨，奇人異士輩出。這大概是繼司馬遷之後第二個『史家筆』。」

「史家什麼?!」明峰不敢相信自己的耳朵。

「史家筆。可以在虛空中閱讀到他人的故事。但這沒什麼好高興的，因為閱讀他人人生是種逆天，逆天就要付出代價。」

明峰複雜的看看麒麟，又看看手底的書，作者叫做「姚夜書」。

奇人異士輩出，乃是因為末世將臨。不知道為什麼，他有些沉重。

異變越來越多，純血應龍的出生不過是當中的一個例子。

這幾年，他暗暗心驚。人類強勢基因壓制著的眾生血緣，似乎有越來越抬頭的趨勢。紅十字會這幾年疲於奔命，除了要對付「無」，對付人類愚蠢的野心，還有突然發作暴走的人類半妖。

各種衝突暴動，人類的恐慌，覺醒半妖的恐慌……

麒麟說，這是因為天柱歪斜，力流失衡的緣故。但天柱不就是帝嚳嗎？他暴虐的滅絕應龍一族，聽說還發了瘋。但他活得好好的。

「他啊，他算是天柱的具象化。但不是只有他就能構成天柱。」麒麟漫應著，「哪有那麼簡單？」

但他要再問下去，麒麟就不肯說了。

她只顧著喝酒，然後在沙發上沉沉睡去。明峰氣悶的瞪她一會兒，坐在地毯上，仔細閱讀《應龍祠》，身邊還堆著一堆姚夜書寫的小說。

越看他越頭昏，因為他無法分辨哪些是真實的，哪些是虛幻的。若不是他親身經歷，他不會肯定《應龍祠》是真實記錄，但其他的小說他就無從分辨。

這還真是沒有任何用處的天賦。

或許有一天，他會尋找那位小說家吧？不過麒麟又說他發瘋了。不知道能不能好好應答啊……

「怎麼大家的神經都這麼纖細，」他喃喃的抱怨著，「天柱也瘋，小說家也瘋，趕流行麼？」

噗嗤一聲，英俊笑了出來。即使有個上大學的女兒，英俊依舊擁有著羞怯笑容，還是那個純情少女。

為了保護這樣的笑容，明峰就會覺得他的辛勞都是值得的。

* * *

短暫的相聚之後，麒麟和明峰又要各奔天涯。

畢竟地維的範圍真的太大，麒麟再厲害，能夠巡視的範圍也有限，只得放手一些災害範圍比較狹小的部分給明峰處理。

但麒麟卻叫住了明峰，一臉壞壞的笑，「我親愛的徒兒，聽說你送應龍一家子回列姑射島，還幹了番大事業。」

明峰臉孔立刻飛紅，「什、什麼大事業，我我我，我不知道。」

「聽說舊列姑射的現任政府很了不起啊，也順應潮流動『無』的歪腦筋。」

明峰含糊的應，「……人嘛，總是會一時糊塗的。現在沒有了……」

將臉轉向旁邊，英俊拚命忍住笑。

「好啦，小英俊，妳來告訴我，妳家主人是怎麼兵不血刃的進去國家設立的實驗室，還把人家重金弄到的實驗株弄死光光？」

「別！別說！」明峰整個慌張了。

「……主人他啊……」英俊大笑起來，「他坐下來彈琴。」

交涉到最後，雙方都動氣了。明峰知道他們在搞啥鬼，非常火大，官方認為他仗著紅十字會的背景干涉國家主權。雙方說話都不太好聽了。

若是麒麟的個性，就乾脆的打進去。但明峰不願意動手。

他深呼吸了一下，取出古箏。「我們都太激動了。讓我彈奏一曲，讓大家冷靜一下，如何？」

負責談判的官員有的罵有的譏笑，但明峰沒管他們，調了調絃，逕自開始彈奏。

他彈了二十年的琴，終於把〈廣陵散〉學會了。身為天才琴姬的關門弟子，這二十年的努力和磨練，讓他的琴隱含著某種魔力。他原本就聰明身體笨腦袋，這琴音更讓他聰明的身體發揮到極致，一下子就迷住了剛剛破口大罵的官員……

趁著這悠揚琴聲，他讓靈魂出竅，默不作聲的潛入實驗室，破壞了禁錮著的「無」。

兵不血刃，他告辭而去。官方暴跳如雷，卻抓不到任何把柄。

「你果然學到我的三成功力。」麒麟欣慰的拍著他肩膀，「為師真是欣慰啊。」

「……閉嘴！我才不要跟妳一樣！跟妳一樣我就毀了啦！」

互相叫罵了很久，明峰才意猶未盡的背起行囊，再度啟程。似乎沒有經過這種洗禮，他就會缺乏動力，前往如亂麻般的無盡任務。

麒麟懶懶的靠在門上，望著明峰的背影，直到看不見了，她才淡淡的說，「人也走得遠了，史密斯，你還要藏到幾時？」

那個管著大圖書館，博學多聞的通識老師一臉尷尬的笑，陽光在他黃金似的頭髮上閃爍。

「我還以為我躲得很好呢！」他訕訕的從樹叢中走出來，皙白的臉孔上還畫著幾道迷彩，帽子上綁著樹枝。

蕙娘忍不住笑了出來，但麒麟沒有笑，反而狐疑的瞇細眼睛。

她認識史密斯已經許久許久，這個管著大圖書館的學者老師，在紅十字會像是個永恆的存在。傳說史密斯是十八世紀的煉金術士，因為實驗失誤才長生不老……

但麒麟沒有相信過。

不過史密斯一直是個溫和正直的人，甚至還帶點搞笑的幽默感。若說偌大的紅十字會她最喜歡誰，大約就是這個總是笑嘻嘻的金髮老師。

她也知道，史密斯很疼愛明峰。但他鬼鬼祟祟的蹲在那兒，很明顯就是有什麼訊息不想給明峰知道。

轉思著許多可能性，她溫和的笑笑，「史密斯，別搗鬼。想說啥就直接講，我知道你歌劇唱得好，但我不要聽你現在給我耍花腔。」

史密斯的笑容凍結，臉孔有種奇異的哀戚。他拿下帽子，神情有點徬徨。蕙娘也不是第一天跟他相處，藉口準備茶點，就轉入廚房了。

麒麟暫居的地方正是她的舊居。領著史密斯，她在陽光室坐下，史密斯苦笑著撿了陰影處的座椅。

「……你的眷族惹了什麼麻煩？」麒麟支著頤，淡淡的問。

他雖然極度壓抑了自己的驚跳，但臉孔卻忍不住微微抽搐，洩漏了他的恐慌。

麒麟微皺著眉。她不是意慈心軟的人，不是那種殺生後輾轉難眠，後悔終生的弱女子。她幾乎確定史密斯應該是吸血族的後裔，最少有濃厚的混血。而麒麟殺過最多的，就是吸血族。

這個徒有野心卻日漸凋零的種族，頑強的滲透了許多政府和機構，紅十字會當然也不例外。她不相信會長不知道，但吸血族是非常優秀的幹員和老師，在可能的範圍內，他們希望可以相安無事。

她會血洗底特律也是想要乾脆的警告吸血族：「記住你們移民的身分，給予原住民當有的尊重。」並且將吸血族的怨恨拉到自己身上，別波及紅十字會。

史密斯……在當中是怎樣的角色呢？

「……別用這種懷疑的眼光看著我，麒麟。」史密斯垂下眼簾，「我最受不了的就是這個。妳還是個孩子我就認識妳，直到現在。我喜歡你們，我喜歡紅十字會每個人。我……我就是非常喜歡人類。這個複雜的、單純的，擁有無限可能性的人類……別這樣看我，麒麟。我很痛苦。」

他將臉埋在掌心。

麒麟的神情和緩下來，帶著幾分同情。「……難為你喝這麼多年的番茄汁。你是純血吸血族吧？」

「這怎麼講？」史密斯苦笑，「該怎麼說好？我出生的時候並不知道我是吸血族……我父母都是正常的人類。」

吸血族被放逐到人間之後，血脈凋零，再也無法生育子女這件事情，讓吸血族陷入極度恐慌中。

他們做了許多努力，研究醫學、魔法，甚至盲目的擄取人類，想生下正常的孩子，或是試圖將普通人類變成吸血族。

人類的基因太強大，生下來的都是普通人類；醫學和魔法無法讓他們正常懷孕。但他們仿造了天魔兩界的轉化，卻得到一部分的成功：他們將自己類似病毒的遺傳基因注入人類體內，大部分都發狂而死，一小部分成了殭尸，很稀少的人，成了他們的新族民。

但吸血族後來才發現，之前脫逃的人類後裔，在漫長的傳承中，偶爾會因為基因的巧合，生出純血吸血族。

「我一直不知道，請相信我。」史密斯低低的說，「我不喜歡日照，但還是可以忍受；偶爾我會有吸血的衝動，但我以為是性癖異常。我可以面對十字架，我也喜歡大蒜……」

「那是人類轉化的吸血鬼，才會有的恐懼。」麒麟輕輕嘆口氣。

「我一直都像是個人類，也相信自己是人類。」史密斯安靜了片刻，「我甚至以為是實驗出問題才活這麼久。」

他一直是個樂觀的人。即使這樣的變故也沒打倒他，他還是興味盎然的活著，一直和自己最喜歡的書籍為伴。作為一個渴求知識的煉金術士，能夠一直活著，年輕有活力的學習這世界的新發現、新知識，難道不是最棒的事情嗎？

懷著寬容溫暖的眼光看待著身邊的人，他對人類這樣極度的邪惡和極度聖潔感到著迷，所以南丁格爾邀他一起創會的時候，他不但出錢出力，還常跟她並肩出生入死。

之後紅十字會漸漸轉型，開始處理裡世界的事物，「靠行」的組織越來越多，他一肩挑起大圖書館的建立，確保知識的保存和傳承。

這個時候，他一直以為自己是人類。

「後來他們來找我，『觸發』了我的能力。」史密斯苦笑，「我『覺醒』了，麒麟。我真感謝這是二十一世紀，血漿取得的管道是那樣的多……」

他抱住頭，「但願我從來沒有覺醒過。」

麒麟默然，「……這是在我血洗底特律之前，還是之後。」

「就在妳血洗底特律後的那個禮拜天。」史密斯的聲音帶著嗚咽。

啊。麒麟無聲的嘆口氣。

因為鬥不過她，所以他們試圖找尋麒麟的弱點。最後發現紅十字會深居簡出的圖書館老師。

一時之間，百感交集。

她剛收明峰時被吸血族襲擊，但她不相信是史密斯洩漏的情報。若是史密斯有心致她於死地，她連明峰的臉都見不到，更不要說收他為徒。

她又不能躺在墳墓裡收徒弟。

但史密斯知道她被襲的消息，一定非常恐懼吧？若他的祕密走漏，一定會列為最高嫌疑犯，他的身分，他的世界，將完全崩潰了。

「你是誰有什麼關係？你還是我的朋友。」麒麟走過去，溫愛的拍拍他的頭，「老好史密斯，你幹嘛？早該跟我講啊。是部長找你麻煩嗎？看我去炸了他辦公室！」

史密斯被她逗笑了，鬆了口氣。「……不是。我已經告訴他了……部長聳聳肩說，

『是嗎？』然後就沒追究。妳是我第二個告訴的人。」

他抬頭，麒麟燦爛的笑，比陽光還耀眼。

或許，就因為麒麟能夠這樣不在乎的笑，他才會覺得得到某種救贖吧！

「麒麟，小心吸血族。妳是他們頭號公敵。」史密斯低聲說，「他們的壽命長到妳不能想像……能力也如此。妳遭逢的吸血族都是年輕衝動的傢伙，還大半都是人類轉化的吸血族，那不過是他們的免洗筷部隊。」

麒麟點點頭。

「我剛剛告訴妳的故事，已經包含了我要講的話。」史密斯困擾了一會兒，「……不行，我沒辦法提及。」

「……言靈？」

史密斯拚命點頭，「他們給我看，試圖說服我……但我不行，我辦不到，我不認同……」

「願基督明白我。」他突然用猶太話說了這句。

他很焦急。焦灼的注視麒麟，他不知道還有多少時間。若麒麟也不懂呢？吸血族的醫學和科學遠遠超過他想像，甚至超過紅十字會的調查。他們現在甚至已經研發出操控人類潛意識的方法，若說知識就是力量，吸血族說不定已經是這世界上最強大的力量。

「其實我也一直很矛盾，搖擺不定吧？」史密斯對著自己苦笑。吸血族並沒有威脅恐嚇，而是懷柔的勸誘，當他因為人類的極度排外和邪惡感到疲倦時，有時候，真的，有時候他會覺得由吸血族統治世界也不太壞。

最少他接觸的吸血族都是以一種被害、低調，堅忍而理智的面孔出現在他面前。即使他一直拒絕提供任何情報，對應他的窗口人員從來沒有露出不耐的表情。

但現在……當他看到吸血族所謂「拯救世界」的做法，他震驚而狂怒。受困於言咒，他無法告訴任何人，但或許麒麟可以懂。

他……不管血緣如何，內心終究還是個人類。

麒麟安靜很久，久到他覺得已經開始絕望。她才突然露出一個促狹的笑容，也用猶太話回答他，「彌賽亞聽到你的心聲了。」

史密斯的眼淚奪眶而出。「……獨角獸的傳說？」

「我可是獨角獸的眷族。」麒麟拍拍他，「我知道了。放心吧……」

「但是……」

麒麟制止他，「我誰？我可是麒麟哪！交給我就對了。」

二、帶著鐐銬的救世主

等史密斯告辭，麒麟喚了鏡華。

這個烏溜溜的少年常被誤認是黑人，卻有著東方的面孔。事實上，他是隻魑魅。因為孺慕人類的養母，經過明峰的幫助得到壓抑妖氣而存留人間的權利。然而養母壽促，四十幾歲就過世，傷心得有些失去理智的魑魅少年「投靠」了麒麟，後來麒麟將他安置在舊居留學。

（關於鏡華的故事，請參閱《禁咒師卷參》〈母與子的邂逅〉）

名義上，鏡華是麒麟的式神二號，實際上，麒麟對這孩子很放任，放任到放牛吃草的地步。所以突然召喚他，雖然鏡華滿臉不爽，還是很快的趕回來。

「妳還真會挑時間！」鏡華大叫，「就差一步了！我都已經登堂入室……」

「才剛脫褲子而已不是嗎？」麒麟閒閒的喝著威士忌。

「……妳不知道壞人姻緣如殺人父母嗎？」鏡華暴跳起來了，面目越發猙獰。

「你又沒打算娶她。」麒麟不為所動，「喂，去收一收行李。我安排你去紅十字會念書。」

「……我去專門收妖的紅十字會讀書！」鏡華尖叫，「妳想殺我不會一棒打死喔？叫我去紅十字會等凌遲?!妳這女人真是居心叵測……」

「叫你去你就去，哪那麼多囉唆？」麒麟也大聲了，「明裡是讓你去念書，暗裡要你保住史密斯的命！我先說喔，學費也是很貴的，你要有哪科成績不及格，我打斷你狗腿，聽到沒有?!」

鏡華還想咆哮，麒麟已經把鐵棒抽出來，乓的一聲拍在茶几上，他又把咆哮吞進肚子裡。

當初媽媽過世，他傷心到失去理智，差點把醫院拆了半棟，就是麒麟趕到制服他，硬生生打斷了他兩條腿，然後打包空運到英國。

面對這樣的暴力分子，你真的很難不識時務。

「……去就去。」他咕噥著，「妳就會欺負我……八百年把我扔著不管，待沒多久妳又趕我走，討厭我收我幹嘛……」

「我還會欺負你師兄。」麒麟喝乾最後一口威士忌，「你都幾歲人了，戀母情結還這麼重喔？會把你扔來這裡念書就是要你改一改這種戀母情結，結果勒？什麼爛成績，只會成天拐女人上床……讓我發現你在紅十會把妹你就死定了！聽到沒有?!」

「好啦！」

「好什麼好？動作快！沒當過兵啊？」

「……取消徵兵制幾年了，我會當過兵？」

你一言我一語頂了半天，麒麟火大了，將他和行李一起踢出大門。「史密斯掉了根頭髮，你就仔細自己的皮！」

蕙娘一直笑，「妳是收式神呢？還是收個養子？」

「他老媽的魂魄捨不得走，哭哭啼啼的要我照看，不照看成嗎？」麒麟嘆口氣，「反正我擔心史密斯的安危，這小子又長不大，讓他們『父子』相依為命倒好……」

「……他是史密斯的孩子？」蕙娘訝異了。

「不是啦。蕙娘妳怎麼這麼可愛。」麒麟笑了，「一個戀母，一個天生的老爸個性，他們會相處得很好的。」

尋常的吸血族想對史密斯不利，還得先過魑魅這一關。要動鏡華的家人，可得付出相當代價才行。

「我擔心的是別的。」麒麟將史密斯來訪的事情告訴蕙娘。

蕙娘默默聽完，一臉困惑。「……妳懂意思嗎？什麼基督、彌賽亞的……」

「可能懂。」麒麟沉默了一會兒，「希伯來文中，彌賽亞是『受膏者』，指的是『上帝所選上的人』。當初尤老大跟我說過，每隔一段時間，就會出現『彌賽亞』，雖然意義不太相同，但應該就是『繼世者』。」

繼世者，純血的人類。

而吸血族對醫學和科學都異常發達。

「蕙娘，我覺得事情真的已經很糟糕了呀。」她皺起眉頭。

麒麟難得的在約克郡停留了一整個禮拜。

她一改以前懶洋洋的樣子，整天都待在書房，盯著電腦螢幕不放。不斷的搜尋所有的資料。連房門都沒出，飯都是蕙娘送上來的。蕙娘也沒閒著，當她有空閒的時候都幫著麒麟收集資料。

麒麟針對著紅十字會各式各樣繁瑣的報告跋涉著，然後用過人的耐性過濾，對照世界警察組織的失蹤人口報告，忙足了一個禮拜。

意外的，她看到一個很普通的報告書。那是一則紅十字會在撒哈拉沙漠試圖救獲一個「外星人」的報告。

這個「外星人」有著極大的頭，卻有三分之一是豐沛的血液，大腦小得可憐。四肢細長，全身覆著稀疏的毛髮，沒有性別，當然也沒有生殖能力。赤裸的趴在沙漠中，雖然被遊牧民族救了，但等紅十字會的人員趕到時，已經死了。

她試圖想要翻出解剖資料，卻發現檔案損壞。

有一種極度厭惡的感覺讓她有些反胃，她就著這點稀薄的線索，繼續追查。發現類似的報告雖然不多，但也不少。地點幾乎都是人跡罕至的地方。她相信，有人跟她一樣注視著這些資料，並且循線抹除痕跡。

她終於找到一個漏網之魚。但那唯一有標本和解剖資料的地點，居然是太空總署。

早知道就不要弄得那麼華麗。她才剛得罪過A國，現在要去他們太空總署……

「走吧，蕙娘。」她嘆口氣，「不，還是先吃頓好的吧。華府的飲食根本就是在虐待我的胃。」

「……這次妳要炸白宮？」蕙娘張著嘴。

「不。我希望這次能夠文明的進入太空總署……」麒麟攤攤手，「不過有時候『希望』和『實際』有很遙遠的距離。」

「…………」

*　　　*　　　*

靠著紅十字會的惡勢力，太空總署心不甘情不願的答應了麒麟的「參訪」，卻死也不願意讓她參觀資料和標本。

「……原來太空總署也怕華府的惡勢力啊。」麒麟搖搖頭，「我還以為太空總署是獨立自主又超然的頂尖科學研究中心。」

「誰說我們怕華府來著？」署長大怒。

麒麟聳了聳肩，「不用生氣，是我說得太直了。預算捏在別人手心，當然不得不低頭……」

正為了預算和華府產生劇烈摩擦的太空總署，例外的讓麒麟參觀標本，還提供了詳細的解剖資料。

麒麟迷惑的轉頭，「……這不是什麼外星人。」

負責解剖的醫生聳肩，「原本就不是。但不弄點神祕色彩，就沒有預算。」

這是人類。不管外觀多奇怪，沒有性別，但依舊是人類。他們的DNA完全吻合人類的特徵，雖然他們有異常發達的循環系統和過小的腦，但依舊是人類。

「你認為呢？」她問著醫生。

「我是異想天開過啦，但我要說，這只是幻想。」醫生強調，「這有點像乳牛。」

「乳牛？」

「我想美洲野牛看到乳牛也會很驚駭吧？過度發達的乳房，超過小牛該喝的奶水好幾百倍。對野牛來說，乳牛是一種畸形，是人類為了牛奶育種出來的……」

麒麟的臉孔慘白了。

近萬年的時間，吸血族一直都在人間。他們真正的核心並沒有外出打獵，因為……

他們發展了「畜牧」。

眼前的這個標本，就是個「養殖人類」。專供吸血的人類。

這讓她有些想吐。

「小姐，妳還好吧？」醫生關懷的看著她。

「……還好，只是胃有點不舒服。」麒麟異常客氣的告辭了。

吸血族的「人類牧場」，到底在哪？

如果，吸血族豢養育種「養殖人類」已久，可能比人類還早獲得基因的祕密，而他們根本沒有人類的倫理道德觀念……

彌賽亞！

他們想要「養殖」出彌賽亞？

但並不是純血人類就是彌賽亞……雖然經過基因科學的操弄，的確可以培養出最純種的人類。

麒麟的心中，湧出無法遏止的怒火。

你們……你們這些該死的移民！這樣對待我的眷族，居然這樣扭曲惡待我的眷族！

「等我找到你們……」她咬牙切齒的說，「我非從你們的脊髓榨出汁來不可……這是什麼時候了！末日將臨，你們這群該死的吸血蛭還來添亂！我非把你們滅個乾乾淨淨不可！」

「……主子，小聲點，這裡是機場啊……」

麒麟正在翻天覆地尋找吸血族的大總部而徒勞無功時，明峰卻意外的得到線索。這時候的他，還一無所知。他原本照麒麟的指令，去非洲巡邏修復地維，卻在東非發現了一個偏遠地區的「先知」。

這個內亂不斷，貧窮落後的國度，幾乎沒有交通可言。大部分的時候他不想引起注目和疑惑，都得搭乘長途到令人崩潰的破舊公車，有些地方得等到深夜，召喚英俊來加班才可以飛抵。

他們適逢難得的雨季，所有的馬路都成了爛泥巴，每走一步就得費力把腿從爛泥中拔出來。等他們發現人煙時，不禁感激涕零。最大的希望不是有乾淨的床鋪，而是有個地方可以換件衣服，把泥巴從腿上刮下來。

這群蒙著頭巾，像是阿拉伯人的土著，看到他們就四下逃散。他們狼狽的走入一戶人家，這家人居然跳窗跑掉了。

……若說他們是回教徒，不至於男人也要蒙面吧？

他和英俊相視一眼，默默的從行李裡掏出衣物來換，抹掉小腿和腳上的泥巴。

就在這個時候，一個很老很老的老人家，瘦瘦的走進來，盯著他們不放，然後五體投地的趴了下來。

讓他們驚訝的是，他居然說著標準英語！

「大神，偉大的大神！」他哀求著，「請吃了我的血肉，就此離開吧。我們只想安安靜靜的活下去……你們不會少我們幾個奴隸的……」

「……什麼大神？」明峰的眼睛都直了。

不斷用額頭敲著地板的老人，疑惑的抬起頭。明峰看到他的眼睛，不禁打了個冷顫。

若在漫畫中，這樣的眼睛當然漂亮，甚至是少女漫畫的標準規格。但在現實中看到這樣水汪汪，瞳孔大到非比尋常的眼睛，還是會打從心底冷上來。

「你！」老人一骨碌的爬起來，死死的扣住明峰的手腕，「你沒去魂魄？你不是彌賽亞嗎？你怎麼來到這裡的？」

「你想幹什麼？」英俊大怒，明峰卻舉手制止她。

這個老人沒有惡意。他很恐懼，使他言行有些失常。但他並沒有任何惡意。

英俊自從有了性別，結婚生子之後，妖力一日千里，完全成了完全體。這樣一個妖力高深的姑獲妖鳥像是個會走路的殺人兵器，他必須比英俊冷靜才行。

「老人家，」他安撫著驚慌失措的老人，「我們只是路過的旅人。你在害怕什麼？什麼是大神？」

老人盯著他的眼睛，看了很久很久。「……你是什麼？」

雖然摸不著頭緒，明峰還是本能的回答，「我是人。」

「人？人類？」老人喃喃著，拉低他的頭巾，「你們是怎麼來的？沒有路！根本沒有路可以上來！」

這個落後貧窮的村莊在一個群山環繞的台地，的確連個勉強算是路的野徑都沒有。

但有個地維的結在這附近，若不是英俊載著明峰飛上來，還真的不知道怎麼靠近。

但明峰並沒有想太多，他以為是路徑隱藏在他沒注意的地方，只有當地人才知道。

「我是人類，」他指了指英俊，「我的妹妹卻不是。我們是飛上來的。」

老人死死的看了英俊幾眼，又看看明峰。他喃喃的道歉，抹去額上的血跡。「……讓客人見笑了，但我們村子不歡迎外人。也請……別告訴別人我們村子的存在。你們可以過夜，但天亮就請你們離開。」

明峰躊躇了一會兒，「……老人家，雖然冒昧，但可否告訴我，你們在害怕什麼？」

他不答話，只是擺擺手。「客人，天亮即行吧。問這些做什麼？若有什麼需要，喊我一聲就是。」他猶豫片刻，「就叫我先知吧。村子的人都這麼叫我。」

雖然疑惑，但明峰沒有繼續追問。他已非當年的少年，知道了許多人間的不得已。這些年東奔西跑，和許多人接觸，越發圓熟。他深深相信，最好的相處之道乃是互相尊重。

他尊重先知的緘默。

先知倒是相當善待他們，遣人送了熱水和食物過來。送食物來的女子不慎鬆了頭巾，雖是驚鴻一瞥，倒是讓明峰為之一愣。在這種荒村，女子卻如此美麗，但這種美麗有種奇怪的地方……

超乎比例的大眼睛和挺直的鼻子，潤紅的像是假的美麗嘴唇。一種奇異的不舒服湧了上來，女子也慌張的壓住頭巾，倉皇逃出。

難道是容貌有異所以使他們與世隔絕？有可能。他見過許多奇怪的人種，默默的生存在世界的各個角落，不為人知。這並不是最奇怪的一族。

很快的，他忘了這些疑問，痛快的洗了個熱水澡，換上乾淨的衣服。在泥淖中跋涉整天尋找地維的入口，再也沒有比一身乾爽更舒適的了。

吃過簡單的晚餐，英俊回家了。他獨自在小屋中，窗外依舊淅瀝瀝，無盡的雨。

聽著聽著，他取出古箏，調了調弦，和著雨聲，開始彈了起來。

他對樂理其實沒有太深刻的研究。但音樂這種東西，靠天分居多。而他又是因為羅紗學琴，琴聲裡天生帶著三分多情，一半靠著羅紗的指導，一半靠著這些年的歷練，他的琴被麒麟笑有爵士風，和嚴謹的古琴彈奏相差甚遠。

這樣散漫隨性的琴聲，悠揚在雨聲不盡的荒村。惶惑不安的村人紛紛抬頭凝望，朝著琴聲的方向。

像是安撫，像是擁抱。像是最美好的一切。春天的風，秋天的碧空。所有的傷痛都被撫平，所有的眼淚都被洗滌。

低低的飲泣聲此起彼落，卻被雨聲沖刷得乾乾淨淨。

第二天，明峰就告辭了。意外的，雨居然停了。

他呼喚英俊，而英俊從天而降，一頭蛇髮還來不及變化。村人卻非常鎮靜，似乎司空見慣，讓他的疑惑又添了一層。

不過他還是禮貌的沒有多問。「若有我幫得上忙的地方，請不要客氣。」他艱難的翻譯成英文，「受人點滴之恩，當湧泉以報。」

雖然他將中國成語翻譯得荒腔走板，但先知還是聽懂了，笑開了一臉皺紋。「好心的客人，我們已經收到你的回禮。」

啊？他摸不著頭緒。待要走，他又有些躊躇。掏了掏口袋，發現只有英俊幫他準備的小藍碎花OK繃。

搔了搔頭，他用針筆在小小的OK繃上畫符。這是他走訪雲南的時候，一個老道士教給他的信符。

「先知，這個你拿著。」他遞過去，「若有事情需要我幫忙，就扯開來貼在傷口上。這樣我就知道你找我了，我會盡快趕來。」

雖然是如此可笑的符，先知還是慎重的收了下來。

他揮手告別，尋找到地維，安定了地維周遭的力流。很快的，他就忘記了這個插曲。畢竟比這更奇怪的多得是，尤其又是這樣異變不斷的時刻。

但兩個禮拜後，信符卻意外的啟動了。他的左眼瞬間火紅，透過信符的傳像，除了血和屍體，他什麼也沒看到。

滿頭大汗的，他站起來。

此刻他和英俊正在開羅，紅十字會的非洲分部正在開會。他霍然站起來，驚嚇到所有與會人員。

「抱歉，我不舒服！」他吼著，「英俊！」他立刻打開窗戶，跳了出去。

整個會場靜悄悄的，正在做簡報的幹員，手裡的螢光筆凝在半空中。

「……這裡是二十三樓欸！」

明峰顧不得那些騷動，伏在英俊的背上，化身為姑獲鳥的英俊轉過頭，滿眼困惑。

「……妳還記得兩個禮拜前，那個奇怪的荒村嗎？快！我們快過去！」

英俊點點頭，揚起巨大的翅膀，呼嘯而去，像是一抹流星。

儘管他們用戰鬥機般的速度盡快抵達，依舊無法改變整個村子被毀滅的事實。他整個臉都變色了。

那是非常淒慘的景象，淒慘到他做了很多天的惡夢。遇到污穢就想吐的毛病早已經不再發作，但此時此刻，他又有強烈嘔吐的衝動。

穩住，穩住……他拚命深呼吸。現在不是吐的時候，先不要憤怒，不要驚駭。首要之急，是先搜尋有沒有生還者……

翻找著猶有餘溫，卻乾縮如木乃伊的屍堆，等他幾乎絕望的時候，英俊喊著，「主人！主人！這裡，這裡！」

他跑過去，正和先知的眼睛對望。

先知快死了。明峰全身發麻，他的印堂透出強烈的黑氣，那是死亡將臨的影子。他幾乎探不到先知的脈搏。

「別費力了，我要死了。」他低聲，「我的血已經被抽乾了。」他髑髏般的臉孔擠出一個恐怖又可憐的笑，「如此暴虐血腥的神……比妖怪還不如。」

明峰將自己的氣灌進先知體內，減緩他的痛苦。他喘過氣來，望著明峰。「你是彌賽亞？我以為彌賽亞的靈魂都被抽走了。」

彌賽亞？聽起來像是希伯來文的救世主。

他心底一沉，「……就血緣上來說，我大約是人家講的『繼世者』。」

先知怔怔的望著他，用僅存的力氣狂笑起來。「原本我只是希望能夠喚你來幫我們收屍……我們最大的希望也只是想像個人一樣，塵歸塵土歸土。」他喘息一會兒，「沒想到卻引來真正的彌賽亞。」

他們是大神的奴隸，大神的牲口。累代都被放養在結界包圍的曠野。

他們雖然都是人類，但形象各異。大神有計畫的育種，讓他們這些「牲口」有著不同的功能，有些是當寵物、有的觀賞、有的勞役，更多的是擁有豐沛的血量，成為大神的神糧。

在殘酷而扭曲的育種過程中，他們大半都失去生殖能力。擁有生殖能力的女人，幾乎都在懷孕、生產，好維持龐大的「牲口」數量。

「……我是某個大神的隨從。」先知喃喃的說，「眾多大神中，她算是個仁慈的人。她臥病已久，靠吸食毒品解脫痛苦。為了方便，她容許我讀書識字，讓我為她管理產業。」

從小就被豢養在貴族家庭的先知，因為代管產業，第一次接觸到「牲口」。他受到相當大的衝擊和震驚。

他的同類，穿著殘破、兩眼無神的放養在廣大的地下「牧場」。沒有知識，沒有希望，頂多只能活到三十歲。所有的人口都由兩個女人生下來。

那兩個女人抬頭時，眼中只有無盡的絕望。

「當時我跟外面的人類已經有接觸了——我的女主人還擁有廣大的外界資產。」先知無淚的啜泣，「為什麼？為什麼同樣是人類，我們卻只是奴隸寵物和神糧？」

每年都有牲口逃脫，即使是智商極低的神糧牲口。他們設法找到結界的漏洞，異常艱辛的逃出地下牧場，就算外面往往是廣大的樹海或沙漠。

不知道是生物的本能，還是身為人類天生的自尊，許多牲口都甘願這樣就死，而不是等待宰殺。

先知被這種盲目的勇氣刺激，悄悄的在同為寵物的人們中散布著「自由人類」的真實。最後他的女主人猝死，他鼓足勇氣，帶著所有追隨者逃亡到這裡。

「我們……只是希望活得像個人而已。」他的聲音漸漸低了下來，「雖然一直擔驚受怕，但我們也算過了段人類的生活吧。彌賽亞……我在大神間聽過你的名字，他們畏懼你，非常畏懼你……畏懼到試圖製造更多的彌賽亞。去看，去找……」

顫抖著手，他指著東方，「用你的眼睛去看……」

先知的眼睛漸漸朦朧黯淡，「夏綠蒂，妳在哪？親愛的夏綠蒂。和妳生活的這段時間，我最像個人……等等我，我這就去找妳……」

他絕了氣息。

眼眶刺痛，明峰抱著他良久。他將所有的屍體都安葬在一起，因為他不知道哪一個是夏綠蒂。

他想，先知應該不介意吧？

他的左眼，非常非常痛。他第一次這樣放大自己的視線範圍，這樣催逼著自己的極限。

他和吸血族交手幾次，對他們非常的熟悉，更熟悉那種引發他嘔吐的污穢感。

最後他終於鎖定了目標。

在一個無月的夜晚，他和英俊悄悄的，入侵了吸血族的領地。

吸血族的領地用接近完美的隱蔽咒、迷惑咒，和堅固結界，與人世劃分開來。

這原本是廣大無垠的沙漠，人類的衛星科技在吸血族眼中只是可笑的玩具。任何人都找不到這個巨大的綠洲，和位於綠洲之下的牧場。

很可惜，只是接近完美。而所有的結界和障礙，對明峰一點用處也沒有。身為明峰的式神，只要主人召喚，這些結界也等於無物。

這是個巨大伏流的一部分。巨大的伏流造成了這個壯闊的地下洞穴，而水量縮減之後，乾涸的土地長滿菌衣和苔蘚，吸血族發現了這個「洞天福地」，就把他們寶貴的牲口放養在此。

這其實只是吸血族眾多牧場中規模比較小的一個，但還是讓明峰倒抽了一口氣。他現在可以深刻的體會到先知的衝擊了。當你知道這些奇模怪樣的，宛如外星人的生物，乃是育種之後的產物，和他相同種族的人類……

任誰都會感到一股深沉的憤怒和恐懼。

站在崖頂高處，俯瞰著這群從髒兮兮的食槽吃著混濁糧食的「牲口」，明峰的憤怒幾乎壓抑不住，舊傷隱隱作痛。

同時他也察覺，這是某個地維的所在地。

這讓他有種不祥的預感。

他追了二十餘年的地維，對地維的一切都很熟悉。

地維原本就是大地骨骼的一部分，有種沉重陰鬱的氣息。但這非關善惡，甚至連啃噬著地維的「無」都不能用善惡來評判。

他們就是存在，如此而已。

但這條地維卻明顯有了不同。表面上看起來，這條地維意外的堅韌。但他卻覺得像是人工血管一樣。

他一直將全世界的地維看成一個循環系統，是人間活生生的證據。他懷著這樣的溫柔，彌補地維上的裂痕。說來可笑，但這讓他對這片大地懷著一種接近戀愛的情感。

他眼前的這段地維卻是冷冰冰的，一點回應都沒有。

堅固、完整，卻是「死的」。

明峰沒辦法明確的解釋內心的感受。他覺得詭異和不舒服。

他彈指，憑空繪出光亮的符文，一閃即逝。隨著符文的消散，他和英俊的身影模糊起來。

這是一個幻咒。他坦承，這不是正統道家的咒。這玩意兒是巫毒教的祭司教他的，至於他為什麼會學，又是一個很長很長的故事。有時候他會納悶，這麼多年來，他本家的道術坦白說一無長進，這些旁門左道倒是越學越多。

不過他也不得不承認，這很有用。但一直要在心裡觀想隱形這件事情，有些吃力罷了。

他和英俊就這樣大搖大擺的穿過養殖人類和吸血族，直往這寬廣地穴盡頭的建築物走去。

這建築物鑲在岩壁裡，很妙的呈現一個華美如希臘神廟的外觀。他和英俊小心的閃過門口的警衛，才發現這不是什麼建築物，而是個巨大的電梯。

看著幾乎有個運動場那麼大的電梯，明峰驚訝的疏了神。這一疏神，讓他的幻咒無法維持，剛好和警衛面面相覷。

警衛驚愕的拿著一杯血漿，瞪著突然冒出來的兩個人。眼見他要大叫，明烽火速抽出短笛……

開始吹奏悠揚的笛聲。讓明峰比較尷尬的是，情急之下，他吹得居然是〈小放牛〉，自己都哭笑不得。

但警衛很捧場的，陷入一種如痴如醉的情境，嘴角還帶著恍惚的微笑。

一曲終了，警衛還被餘韻控制著，只會傻笑。趁這空檔，明峰趕緊問，「警衛大哥，這電梯怎麼上下呀？」

「這儘容易，儘容易的。」警衛恍惚的教他如何操作這個複雜的電梯，好一會兒，他才迷惘的抬頭，「對了，你是誰啊？」

「……沒有人啊，哈哈哈，警衛大哥，你開玩笑嗎？你眼前一個人也沒有啊。」明峰乾笑著。

「沒有人？」還被催眠著的警衛迷迷糊糊的。

「對啊……你看不到我，你看不到我，你看不到我……」他上了電梯，轉頭強調，「你看不到我。」

「嗯……我看不到你，電梯沒有人。」警衛溫馴的點點頭，喝了口血漿。

等他們遠離了警衛的視線，緊張的明峰才鬆了長長的一口氣。

「……主人，你越來越像麒麟師傅了欸！」

「……英俊，我不想聽這個。」

三、帶著鐐銬的救世主（續）

這廣大如運動場的電梯是透明的。他伸手去摸，發現他們在一個極大的、玻璃管狀的通道，外面是花崗岩，地板通透的看到得極深的地下，看久了會腿軟。

看不出使用什麼動力，並沒有機械在上或下支撐。他對吸血族的科技有了更擔憂的認識。

電梯不斷的往下沉去。

很久以後，明峰才知道，他誤入了吸血族最隱密、最重要的實驗室。這個實驗室是吸血族當中最大的祕密。從十八世紀開始，他們從西方人類那兒學到了煉金術的概念，自行發展，終究要開花結果。

這個時候，明峰還不知道。

吸血族自從被魔界放逐之後，懷著深切的怨怒生存在人間。他們為了生存做了許多努力，卻還是走向日漸凋零，出生率幾乎是零的末路。

近萬年來，他們一直沒有放棄過各式各樣的實驗，但直到人類的煉金術才讓他們原本絕望的未來出現一線曙光。

這讓他們領悟到，魔法所不能及的地方，科學卻可以。

他們謹慎的站在歷史背後，成為許多政權的支持者。兩次世界大戰讓他們取得非常珍貴的人體實驗資料，他們更專注的研究「人類」，不僅僅是為了食物這樣單純的理由。

古老落後的魔法和感染，造成許多失敗品。但是這些人體實驗資料，更發達的醫學和科學，讓他們漸漸修正過程，已經可以將失敗率降到最低了。

人類轉化成吸血族，已經不是困難的事情。但這個過程卻需要非常精密而繁複的實驗室才能夠操作完成，這個名為「望都」的實驗室就是為此存在的。

甚至，他們更祕密的在這裡製造可以震撼三界的祕密武器。

毫不知情的明峰，就這樣闖進了這個殘酷的實驗室。

一開始，他不知道這是什麼地方。更不知道吸血族融合了魔法和科技，到處布下了嚴密的結界。但他無視結界與規則的天賦，讓他大大方方的在裡頭逛來逛去。是英俊覺得實在太不像樣，設法偷了兩套實驗衣，才稍微有點偽裝。

這裡的吸血族都是匆忙的科學家，並沒有特別留意這兩個新面孔。和人間的實驗室，其實沒有太大的不同。

「……一開始我就警告過你，那個劑量太重了！這下好了，出現了59.87%的不良！今年的進度怎麼辦？我怎麼跟長官交代？」金髮的女研究人員大叫著，激動的揮著手上的報告。

「我怎麼知道會這樣？明明是這些人類的篩選出差錯……看清楚，上面的要求是十四到二十四的青年，妳送了票老太太老先生給我？現在也沒辦法了，還有四成是成功的啊……明年補足嘛，今年說什麼也沒辦法了……」

「你說得很容易啊，」金髮女士怒目，「今年衰老意外過世的有一百五十六人，上面要我補足人口，看到沒有，補足。你給我這個數量我怎麼交代得上去？」

「……妳該計算更多耗損，而不是跟我吵！吵能吵得出來什麼？我哪有時間再去管這部分？人口計畫我在管，彌賽亞也我在管！我什麼時候可以休假？妳說啊妳！」

金髮女士的臉孔陰沉下來，咬牙切齒的，「你若連彌賽亞都搞砸，我就讓你永遠休假，再也不用醒來了。」

「那我還得說謝謝囉？」研究員的臉孔也難看了。

他們在說什麼？明峰困惑了。但他聽到了「彌賽亞」。

他望了望英俊，心領神會的悄悄跟隨在怒氣沖沖的研究員後面。

這個研究員似乎是個大人物，許多吸血族研究員看到他都打招呼，帶著敬意的喊他「羅伯特」、「部長」。

他們小心的跟隨著，居然沒有人質疑他們倆。或許整個實驗室都太匆忙，來往的研究員都用小跑步，誰也沒有空多望他們一眼。

還在發火的羅伯特也沒發現。他滿腹牢騷的走入一個房間，許多人進進出出。明峰和英俊低著頭，跟著混了進去。

那是一個充滿儀器和試管的地方，許多胎兒或嬰兒漂浮在奇怪的液體裡頭，一大瓶一大瓶。明峰有種走入科幻電影的錯覺。

「瑪麗呢？」羅伯特大叫。

「她在後面哭呢。」一個研究員搖搖頭，「她的個性不改改怎麼做得下去。」

「幹，死幾個牲口也哭，要這樣哭，老子早就幹不下去了！」羅伯特大罵，「瑪麗！忙得要死，妳還有空哭！」

他刷卡開了門，又到另一個房間去了。

這就不容易混進去了。明峰沉吟片刻，望著英俊。

她點了點頭，一根蜿蜒的長髮滾到地上，化成一條透明雪白的蛇，鑽進門縫裡。然後他們離開那個熱鬧滾滾的房間，到僻靜的角落，準備看著小蛇傳回來的影像。英俊握著明峰的手，將蛇眼中的真實傳達給明峰。

羅伯特氣急敗壞的走進房間，對著一個哭得像是淚人兒的女孩大吼，「哭三小啊！我跟妳說過多少回了，當他們早就死了不就完了？現在哭什麼哭？珍妮那婆娘逼我們進度啊！妳還哭，該死的……」

叫做瑪麗的女孩抱著明顯已死的小孩子，臉上的淚不斷落下。「……羅伯特，我做不下去了。35是我一手帶大的……64、52也是啊！為什麼要把他們的魂魄抽出來？沒有抽出來他們還是成功的彌賽亞啊！我受不了了，我真的受不了了……」

「妳以為只有妳受不了嗎？他媽的，不是只有妳念過人類的學校，我也念過啊！我也有人類的親朋好友，我的女朋友還是個人類呢！」羅伯特怒吼一陣，疲倦的抹抹臉，「瑪麗，別鬧了。」

瑪麗抱著死去的孩子，低頭飲泣。

看著她的傷心，羅伯特氣餒了。「我讓妳用數字給他們取名字，就是怕妳產生感情。結果好像沒什麼用……」

「……我的血跟他們一樣是紅的，我跟他們有著同樣的心跳。」瑪麗閉上眼睛，眼淚不斷的滑下，「現在什麼時代了？都二十一世紀了！取得血漿的管道那麼多，為什麼要殺跟我們幾乎沒有兩樣的人類？我討厭這種野蠻下流的血腥……」

「對。年輕人都討厭，家裡還蓄著牲口，好好笑的文明吸血族。」羅伯特一臉心灰，「但是瑪麗，政治比什麼都可怕，現在是鷹派的時代。」

瑪麗嗚咽著，低頭不語。

羅伯特拍拍她，「……其實說不定35算是幸福的。這些彌賽亞都是準備拿來當犧牲的。他們的出生就是為了……為了成為地維的一部分。瑪麗，不要任性。妳也看過未來之書……是，我也很難過。我也不想做這份工作。但瑪麗，我們最少會和善的對待他們，妳瞧瞧二部那兒怎麼對待實驗品的。我們不做，最後落到二部那兒……」

「很不該讓那些納粹轉生為吸血族。」瑪麗拚命發抖，「他們不是人，是妖怪！是食屍鬼，他們……」

「好，好。我都知道。」羅伯特安撫著她，「總要有人做這些，是不是？最少……」他苦澀的咽了口口水，「最少我們會歉疚。」

明峰眨了眨眼。眼眶刺痛，他花了點時間消化。

這是個殘酷血腥的實驗室，人類的煉獄。他應該狂怒，放出所有的狂信者，將這個地方毀個乾乾淨淨。

但瑪麗的淚，羅伯特的苦澀無奈。

跟人類一樣，有最邪惡最無恥污穢的敗類，但也有最聖潔最無私奉獻的好人。吸血族和人類，也沒什麼不同。

他下不了手。

「我們走吧，英俊。」他終於下定決心。

「啊？主人？」她驚愕了，「你不動手清理嗎？」

他煩躁的搔搔頭，「……我不喜歡殺生，英俊。在走之前……」他向著英俊的耳邊低語，英俊雖然不解，卻也照辦。

所以，當吸血族的瑪麗擦乾眼淚，不捨的將35的遺體送入焚化爐時，意外發現桌子閃閃發光。

疑惑的，她湊過去看，發現是幾行用水寫成的文字。等她看完，立刻伸手將字抹去，心跳得極快，背脊一片冷汗。

有人類入侵這個防護周密的實驗室！甚至大膽的留下訊息，想跟她見個面。

這太誇張了，真的。

她該將這件事情告訴羅伯特，讓守衛去揪出他們……

但是，她雙手沾惹人類的血腥還不夠嗎？望著自己白淨的手，她在發呆。

她的父親算是年輕一輩的吸血族，到人間的時候還不到百歲。他很快的被人類的溫和自由所吸引……相較於吸血族殘虐嚴厲的社會規範，人類顯得特別溫柔、包容。

帶著新婚妻子，這個年輕的學者自告奮勇的往「蠻族」的社會收集資料，興奮的融入人類的社會。他也很少有的在人間生下純血的吸血族。

那個女孩就是瑪麗。自幼在人類的社會長大，她對人類的認同說不定比吸血族還多。如同她的學者父親，她也成為一個優秀的醫生、學者，每隔十年就得搬家避免啟人疑竇，對她來說，這樣遷徙的生活不是失去許多朋友，而是得到更多。

她喜愛人間，喜歡人類。許多爸爸的朋友都知道他們一家人的身分，卻意外沒有引起太大的驚慌。他們笑著，滿眼驚奇，卻從來沒有人拿著木樁和十字架來找他們麻煩。

「你們睡棺材？」她還記得那個臉圓圓的，臉上有著小鬍子的叔叔好奇的問，「在哪？讓我參觀一下。」

「該死的，誰睡棺材？」爸爸笑罵，「我還跟你走十里路去教堂呢，睡棺材？」

爸媽不是死在人類的恐慌中，而是被長老因為「洩漏身分」的罪名，判了永久拘禁，現在不知是生是死。

為了微薄的希望，她被迫接受了長老會的資助受教育，然後簽下兩百年的賣身契。為他們殺害更多無辜的人類。

不行。她辦不到……她沒辦法把留下訊息的自由人送到羅伯特手上，或是任何吸血族的手上。

她抱住自己的頭，苦惱得頭痛欲裂。

明峰和英俊在電梯附近等待。在等待的這段期間，英俊的信蛇繼續巡邏整個實驗中心，看到的真相讓明峰越來越沉重。

真的太糟了，真的。

吸血族做的實驗範圍很龐大，甚至完美的將他們過去實驗的失敗品和「無」衍生的病毒相結合，弄出一種新型的病毒，可以讓死人爬起來變成殭尸。

他終於領悟到，為什麼會出現這種新型病毒，為什麼某些強國會有可繼續研發的實驗株。他和麒麟都以為是人類的貪婪導致的過度科學，結果居然是掌握科技更為強大的吸血族所致。

這解釋了「病毒零」在各國的頂尖科學大為流行，並且有相類似的結果。

人類不僅僅貪婪，而且愚蠢，非常愚蠢。愚蠢到甘心花大錢讓吸血族這樣耍著玩。

他們真的來得及嗎？說不定不用等地維斷裂，天柱毀滅，這人間就已經被人類的愚蠢和吸血族的居心叵測給玩完了。

他們所有的努力，說不定只是夢幻泡影。二十餘年的苦心，居然只是徒勞無功的掙扎。

他疲勞的低下頭，不知道要怎麼對犧牲重大的麒麟說明。麒麟以為他不曉得，但明峰又不是昨天才當她的學生。她恐怕付出了比尤尼肯還重大的犧牲才得以轉生成慈獸吧？他甚至不敢面對、不敢承認，麒麟受到一種無名的傷害，一種漸漸侵蝕的傷害。

隨著歲月過去，她漸漸變得冷漠，豐沛的情感一點一滴的被抽離。雖然她掩飾得很好，但明峰還是敏銳的感受到。

該怎麼告訴麒麟，她的犧牲可能什麼也改變不了？

……或許還來得及。他堅毅的抬頭。他決定將這裡的狀況呈報上去，紅十字會不會坐視不管吧？看是要交涉還是交戰，首先讓吸血族知道嚴重性……

說不定，他們根本不知道末日的存在，才會這樣胡搞瞎搞。許多科技的狂熱是因為愚蠢，而不是因為惡毒。最少吸血族還有羅伯特和瑪麗這樣的人存在。

不是完全沒有希望的。

他沉重的等待。或許來的會是追兵和追殺，但他願意賭看看。

不知道這算不算賭贏……

瑪麗緊張的出現了。她東張西望，明顯沒有看到在電梯附近的明峰和英俊。明峰擦掉畫在他們周圍的圈圈，她才驚跳起來。

這說破不值一文錢。明峰自嘲的笑笑，這個詭異的幻術結界還是明琦研發的。當初扔給她一塊磚，她畫了個不方不圓的圈以後，自己越玩越有心得，後來反過頭教給他。

明琦的天分真的在他之上。但這小妮子跑去考警官班，還成立了「不明現象特搜組」，其實大部分的時間都在找屍體。她的志趣真的只是解決普通人的普通事。

真正什麼都不會的，是我。一切都是借來的，靠人教的。而我這樣的人，卻生來是個「繼世者」。老天爺不知道在開什麼玩笑……

「嗨，瑪麗。」他和善的笑笑，語氣平和，「我是禁咒師的弟子，宋明峰。」

她的臉孔褪得慘白，呼吸急促。「……真正的彌賽亞？我居然親眼看到本尊？」

什麼本尊……明峰想笑，表情卻凝固了。

本尊？

「所有的彌賽亞，都是從你的血液裡誕生的。」瑪麗抓著他，指甲幾乎陷入他的手臂，「……原來他們長大會像你這樣。」

明峰只覺得全身發冷。我的血液？妳是說……這些被抽離魂魄的純血人類是用我的基因「製造」出來的？

「……你們怎麼能夠……你們從哪裡拿到……」這個衝擊實在太大，他的思路和聲音都破碎了。

瑪麗轉開發白的臉孔，「……你有捐血的習慣，要取得你的血液並不難。」

明峰失去了自己的聲音。

廣義來說，這些純血人類都是他的複製品，和他有相同的血緣。可以說是他的雙胞胎弟弟或妹妹。而他們，被抽出魂魄，成為一具具會呼吸的血肉。

腦筋一片空白，純白的怒火上湧，讓他的左眼宛如火焚。胸口的舊傷蠢蠢欲動，狂信者呼應著他的憤怒，瘋狂吶喊著要破體而出。

他要控制不住了……他快失控了……他想殺盡這些該死的吸血鬼，用火焰徹底洗淨這個殘忍的煉獄……

「主人？」英俊擔憂的望著他。這麼多年，她的眼神還是那麼無辜純淨。觸及她的眼神，明峰勉強冷靜下來。在這兒釋放狂信者同樣也會傷害到英俊。這是跟他出生入死，忠實跟隨的「小鳥兒」，寧可自殘也不可能去傷害她。

「……這樣的殘酷到底有什麼意義？」他望著瑪麗，努力平順呼吸。

她強忍住哽咽，「我不覺得有意義。但上面的覺得意義重大。」

「上面？」明峰冷笑一聲，「都要末日了，這些只是毫無意義的殘殺……」

瑪麗奇怪的看他一眼。「就因為末日，所以長老們才要我們製造這麼多彌賽亞。只要末日條件沒有滿足，末日就不會來臨。這些彌賽亞就是拿來結地維用的。」

「……什麼？」明峰呆掉了。

二次大戰結束後不久，吸血族突然得到「天啟」。

他們人口雖然說不多，但也有十來萬左右，這麼多人卻在同個時間點閱讀了未來之書，看到相同的末日和知道了末日條件。

這讓吸血族驚恐起來，開了一次史無前例的龐大會議，最後擬定了一個接近完美的「彌賽亞」計畫。

這個計畫若成功，不但可以將危機變成轉機，還可以讓驕傲的天界和顢頇的魔界臣服在他們面前，並且可以順理成章的成為人間的統治者。

「末日危機」在漫長的歷史中已經發生許多次，都因為條件不足而延緩毀滅的時刻。之所以會條件不足，往往是因為「彌賽亞」的介入。

彌賽亞通常是極其稀有的純血人類，而在二戰之後，吸血族已經掌握了許多基因的祕密了。

他們開始大膽的試圖製造人工的「彌賽亞」，在無數失敗之後，終於取得了基本的成功。最少他們已經可以製造出純血人類。

因為他們取得真正彌賽亞的血液，讓原本停滯的實驗獲得重大突破。

所有強烈的自信，都來自「天啟」。不知道是什麼原因，未來之書選擇了吸血族。這讓他們更相信，未來是吸血族的時代。

「……那病毒零是怎麼回事？」明峰問。他被這驚人的事情弄矇了。

「長老、長老說，需要來源穩定的軍隊，人類的政府需要便宜的士兵。」瑪麗低下頭。「長老說這是各取所需……共同研究也比較快。」

……所有的人和眾生都發瘋了嗎？

「我不能接受這種理由。」明峰厲聲，「萬一病毒外洩呢？萬一研究出差錯呢？天哪……就算是科學家也該有個基本常識跟道德吧？你們……」

「這些我都知道啊！」瑪麗吼出來，漸漸嗚咽，「我都知道啊……但我能怎麼辦？我只是個研究員……就算我受不了還是得繼續製造彌賽亞，要保住地維這是最穩定的途徑啊！只是我快受不了了，我真的要受不了了……」

明峰啞然片刻，「……抽去他們魂魄又是怎麼回事？」

「因為你。」瑪麗開始拭淚，「他們等於是你的複製人，同樣也無視結界和規則。他們學得太快，難以控制，所以……」

所以抽掉他們的魂魄，好讓他們成為真正的工具。

明峰覺得心臟像是開了個大洞。這樣活生生的殘酷。「……夠了。真的夠了……」

「我不該跟你說這些。」瑪麗憔悴的臉龐透著憂鬱的笑，「但我也覺得夠了。我也……受不了了。」

最後明峰什麼也沒做，就離開了實驗中心。他回去找麒麟，卻撲了個空，他向紅十字會緊急彙報，災難處理小組要他馬上回去。

就在回返紅十字會的前一夜，他失眠了。

了無睡意的他，卻閱讀了未來之書。

那是一種非常奇特的經驗。許多資訊、畫面，湧入大腦中，「閱讀」其實是很不精確的說法，但也沒有辦法用其他名詞代入。

他突然了解到，「末日」是絕對無法迴避的結局，頂多只能延緩而已。漫長的歷史不過是末日不斷延緩的結果。

無數的繼世者沉默地用各式各樣的方法延緩。有的自我投身結成地維，有的將自己的人生獻給天柱。

這完全是創世者惡意的玩笑，彌賽亞絕望而堅持的掙扎。

等「閱讀」完畢，他滿身大汗，虛脫的躺在床上。

我看到什麼？這就是未來之書？為什麼他會被選上？思緒紛亂如狂潮，他想了許多許多，想到水曜。

這就是水曜長久以來的折磨？這種狂暴入侵的「閱讀」？

等他有力氣爬起來時，他沒有召喚英俊，就匆匆趕往機場。他要回紅十字會。時間已經很緊迫了……他要揭發吸血族的野心和計畫。

但他沒想到，等待他的卻是更深重的絕望。

四、打開潘朵拉的盒子

他才剛進入紅十字會災難處理小組的總部，就被「請」到會客廳，失去行動自由。

「……為什麼？」他變色了，「將我關起來是什麼意思？」

看守他的警衛充滿歉意，「宋先生，不是關起來。這是會長的意思，她想要單獨見您，但她現在正在開重要的會議，一時走不開。請您在此等候……」

「我不要在這裡等候。」他幾乎跳起來，「我有重要的情報要報告！我不要見會長，先讓我去見部長！不然請部長過來……如果你們堅持不讓我出去的話。該死的，這是很緊急的事情！」

「部長也在會議中。」警衛迴避著他的眼光，「請您安心在此等候，有什麼需要告訴我們就行了。」

「我需要行動上的自由！」明峰吼了起來。

「別為難我們，宋先生。」警衛道了歉，一左一右的守在門口。

忿忿的想要走出去，他們居然掏出手槍和電擊棒。「別讓我們為難。我們也不想這樣做。」

他當然可以撂倒這兩個警衛，當然。這不過是兩個普通人，頭髮花白的警衛伯伯。明峰回到沙發上，怒火中燒，卻又滲入一絲絲的恐懼。

因為，他聞到純種吸血族慣有的輕微體味，那是長期以血為食的腥羶。為什麼紅十字會也有這種味道？

會長到底在開什麼重要的會議？

他坐立難安的轉來轉去，每分每秒都是煎熬。雖然只有一個上午，對他來說簡直比幾十年還難熬。

等會長走進來的時候，他急促的站起來。

他只見過會長幾次，也聽過麒麟含糊的提起過。她是個窈窕挺拔的英國女士，但容貌很曖昧的介於二十四與四十二之間。

麒麟說，會長佛羅倫斯女士是經過「蛻變」而覺醒的混血兒。紅十字會是她所倡議，由當時叫做「亨利杜南」的史密斯出錢出力實現的夢想。

但她直到「蛻變」後，才成為紅十字會背後真正的會長。從一九一〇年到現在，她一直默默的隱居，推動著紅十字會的一切，包括對裡世界的管理和關懷。

因為她正是跨越生與死、人類與移民的代表。她的另一個名字赫赫有名，但她早就讓那個威名隨著她蛻下的舊軀殼隨之入土了。

她走進會客室，伴隨著若有似無的香風，默默的注視著明峰。

「會長。」明峰打著招呼，壓抑著自己的急躁，「我得到一個很嚴重的情報。」

她微微蹙起秀氣的眉頭，「我想我已經知道了。這也是我們這次跨種族會議的項目之一。」

明峰微微一驚，他望著佛羅倫斯光潔的臉孔，「會長……？」

「吸血族對你鹵莽的行為很不滿意。」會長垂下眼簾，「長久以來的談判結果幾乎宣告失敗。不過，這也不能怪你。畢竟我們的協商一直是祕密的，只是你不當孤身涉險。」

會長在說什麼？她在說什麼？

「好在已經有了雖不滿意但還可以接受的結果。」她心平氣和的說，「吸血族將浮出檯面，與人類並肩抵禦末日的侵襲。各國政府同意承認吸血族的公民權，這將是各種族和平共處的創立……」

他望著會長嬌嫩的唇一開一闔，每個字都聽得懂，組合在一起卻不明白。明峰當然也希望，可以跟移民們和平共處……但養殖人類的吸血族？

「會長，妳先看看我的報告！」明峰叫起來，「他們將人類像是動物一樣圈養，還做著危險並且極不人道的實驗！難道……」

「人體實驗的確不被允許。」會長截斷他的話，「吸血族同意這些實驗應當漸漸終止，並且接受紅十字會的管轄與檢查。」

漸漸終止？……「為什麼不是馬上終止?!」

會長沒有回答他的話，眼神飄忽開來，「我們需要吸血族的幫助才能防止更大的悲劇發生。協商的內容，明日將會公布。我希望你能了解嚴重性……也請你停止對吸血族領地的非法入侵。」

他驚呆了。

會長深深吸口氣，「明峰君，你對世界很重要，請勿讓我為難。」

大家都要我別為難他們，事實上難道不是在為難我的良心？

「禁咒師也已經表示理解我們的做法。」會長冷淡的點點頭，「如果有什麼問題，或許你可以問她。她參與了今日的會議。」

明峰瞪了她好一會兒，「……麒麟在哪裡？」

「麒麟！甄麒麟！」他暴吼著，衝進師長餐廳，兩眼通紅，「甄麒麟，妳給我滾出來！」

「叫魂哪？」麒麟啜飲著薄荷酒，撐著臉頰。

明峰將厚厚一疊報告扔在桌上，「妳知不知道，吸血鬼他們在搞什麼飛機？病毒零就是他們研發的！」

「剛知道不久。」

「妳知道他們把人類圈養起來，跟牲口一樣?!」

「剛知道不久。」

他再也無法忍耐，拍得餐桌上的杯碗一跳，「他們甚至還製造了純血人類……」

「抽去魂魄的彌賽亞，將來準備拿來結地維……」麒麟聳了聳肩，「很愚蠢對吧？我也是剛知道。」

她冷靜的望著明峰，目光甚至有幾分冷酷。

這讓明峰很痛，狂怒得無法遏止。

「妳為什麼不生氣？」明峰對著麒麟吼，「妳就讓他們為所欲為？天哪，拿無辜者去當祭品，當人柱?!這世界瘋了，難道妳也跟著失去了原則嗎？妳不是說，為了眷族，在所不惜嗎?!」

他吼到聲嘶力竭，聲音都變了，甚至還帶著濃重的哭音。

麒麟卻只是望著杯裡蕩漾的薄荷酒，「他們早就失去了魂魄，現在存活的不過是一堆會呼吸的屍塊。」

「……麒麟！」明峰不敢相信的看著她，滿眼都是絕望的傷痛。

不管怎麼對她暴跳，在內心深處，他都深深信賴這個不像樣的師父。但連她都放棄了原則。

「我知道你在想什麼。」她微微厭倦的半閉著眼睛。「我相信，會長也知道這樣的決定是飲鴆止渴。但我知道她沒有辦法，就跟我也同樣束手無策一樣。」

明峰瞇細了眼睛。

「我想，你也看到未來之書了吧？」麒麟淡淡的，明峰卻因此一凜。

「古都的夢魔設法和我連絡上，告訴我，他轄區內的女人都『夢見』了末日。為什麼沒有人反對吸血族的提議呢？那是因為，這個龐大的惡夢，已經入侵到每個人的夢境了。」

她支著頤，看著窗外一碧如洗的天空。「我一直在想，『未來之書』到底是什麼玩意兒，為什麼他這樣活生生的出現。若說是創世者的惡意，那他是怎麼啟動這東西的？雖然得到的線索不算多，但我推測，或許在人類或眾生的基因中，就寫下了一個『超連結』，這連結可以閱讀到『未來之書』。可能像是個大型程式，一開始只是少數的人滿足某些條件，可以連結到正確的網址，但大部分的人都是無法顯示網頁。

在設定的某些時間點上，『未來之書』所屬的網址更新，讓所有的人都能閱讀到。」

「……為什麼要這麼費事？」明峰不解。

「因為掙扎啊！」麒麟露出一個譏諷的笑，「未來若是不確定的，所有的人或眾生就會有勇氣掙扎下去，指望可以改變不幸的結局，這就是生物的根性。但若所有人都知道無法逆轉的結局就在那裡呢？一個人可以說是無稽的夢境，十個人？一百個人？一萬個人？所有的人？三界一切眾生？」

她悠然抬頭，「真正的災難不是天柱折地維絕，而是這籠罩三界的群眾恐慌。秩序就像是陽光空氣水，身在其中沒感覺，要到匱乏才知道重要性。若所有人都明明白白的知道末日就在那兒，你認為呢？」

伸出皙白的食指。「我賭一天。二十四個小時後，三界就會自我滅亡，因為失去『秩序』而滅亡。」

明峰無法動彈，像是摔進無底的深寒中。

「但創世者的惡質，卻讓這一切有個緩衝。」麒麟淡淡的笑，「不知道是程式出差錯，還是創世者設定『未來之書』有人工智慧的功能……總之，『未來之書』有了自己的意志，用他的方法在阻止末日來臨。他找上了吸血族……開始鑽『末日條件』的漏洞。」

陷入自己的冥思，麒麟久久沒有說話。明峰思前想後，越發悲從中來。似乎他們的努力都是白費的，而這世界居然用少數無辜者的血祭才能維繫下去。

這樣真的是對的？這樣的世界真的應該存在？

「但我不認為他們會成功。」打破窒息般的沉默，麒麟笑了起來。「不是純血人類就是彌賽亞，哪怕是從你的血中出生。『未來之書』並非全知全能，這就是最弔詭的地方。明峰，不要試圖去救那些失去魂魄的孩子。他們已經死了，在魂魄被抽離的那一刻，已經死亡，肉體安埋在哪裡都一樣。復仇是小孩子才會幹的事情……」

她惡意的咧嘴，「不過我保證吸血族再也無法播弄出『彌賽亞』。」她好整以暇的交疊雙手，「畢竟我已經交遞了辭職書。」

明峰凝視著師傅很久很久，從來沒有像現在一樣，覺得麒麟這樣美麗，美麗而強大。

這一天，是人間發生巨變的一天。在明峰閱讀到未來之書時，全世界的人也一起夢讀了絕望的未來。原本和吸血族爭執不休的各國，通通妥協了。

這一天，吸血族從歷史的陰影和傳說中走了出來，驕傲的站在陽光下。這一天，人類安穩的表世界破裂，安詳的假象破碎。

這一天，紅十字會失去了禁咒師和她得意的門生。

這是一個非常重大的日子。

他們回到中興新村的時候，正值黃昏。

明峰走到院子裡，對著大樹下的衣冠塚發呆。麒麟坐在窗台上，凝視著滿天彩霞，一小口一小口的啜著李子酒。

她的辭職沒有受到太多阻撓。昔日光輝燦爛，威名遠播的禁咒師，在這異族突起的新時代，被刻意的忽視了。

吸血族非常仇視麒麟，畢竟她一直都是吸血族的頭號公敵。

但她只是淡淡的笑笑，頭也不回的朝後揮了揮手，帶著明峰和蕙娘告別了紅十字會。

他們各自做了選擇。紅十字會希望借助吸血族的研究，能夠延緩末日的發作，即使需要犧牲無辜者。但吸血族保證，每百年獻祭一個彌賽亞就足夠了，而他們有極凍庫存的三百一十六個彌賽亞。

看起來很划算。一個人就可以保住幾十億人口的安危，乃至無數眾生的安危。

但麒麟不願意接受，連她的純血人類小徒都堅決的離開。

「麒麟，不要因為無謂的正義感，犧牲整個世界。」臨行前，會長凝重的對她說。當然，抹殺麒麟和她的學生是比較安全的做法，但麒麟不是只有一個學生，她在紅十字會這些年的功績和人脈讓會長不能斬草除根。

「會長，妳也不要忘記妳的初衷。」麒麟笑笑，「妳是第一個專業護士。是出身高貴卻投身戰地搶救人命的護士長。」

「……我從來沒有忘記我的初衷。」會長變容了。

「那就好。」麒麟聳聳肩，「祝你們實驗成功。放心，我不會阻礙你們的實驗……忙碌這麼多年，也該交給你們了。」

她望著染著豔紅燦金的彩霞，一言不發。這樣美麗的天空，只是向黃昏。很淒厲頹唐的華麗。

「……主子，不要哭。」蕙娘在她身後站定

「什麼嘛，我一滴淚都沒掉喔。」麒麟將李子酒喝乾。

蕙娘淡淡的笑，走近窗邊，「哭不一定要掉眼淚。」

晃著空空的杯子，麒麟低下頭，「討厭，老被蕙娘看穿。是不是相處太久了呀……」

蕙娘也坐在窗台上，凝視著漸漸消失的金光。「那一年，妳還是個小小的少女呢。就這樣走進來，瞅著我不放。妳說，『跟我來！』。

那時我在想，真的要跟上去嗎？但我若跟上去了，就是我漫長的一生一世了。就算妳要帶著我走入地心的熔漿裡，我也得跟上去。

但我說，『好！』。因為妳要我跟著，因為妳需要我。眾生也好，人類也好，終生都在追求兩件事情，『需要』和『被需要』。妳就是我的終點，從過去到現在沒有改變過。」

麒麟低下頭，沒有說話。

「……主子，麒麟。這次我不要在家等著了，我要跟著妳去。是妳要我跟妳走的。」

「蕙娘……」麒麟抬頭，眼中滿是悲哀，「但是……」

「就算是去獵殺未來之書。」

向來笑嘻嘻的麒麟變色了。「妳怎麼……」

「又不是第一天當妳的式神。要玩就玩大一點，寧可冒生命危險轉生，也不要苟延殘喘，對嗎？這次我絕不要缺席。我寧願跟妳一起走進毀滅，我甘願和妳一起成為『無』。」

怔怔的，麒麟望著蕙娘。這些年來，蕙娘就像她的家人，姊妹，或是母親。或許，世界上最了解她的人，不過是隻殭尸廚娘。

「反正我已經死過一次了，我並不在乎。」蕙娘笑著，雖然頰上滾著淚。

無可迴避的末日，只是不斷的延緩發作的那個時刻。

女媧娘娘告訴狐影，「未來之書，是創世者留下來的，極度惡意的玩笑。他用一種極度精密，甚至可以自我生長的腳本，寫出了最後的結局。」

所以說，末日條件應該有三個：天柱折、地維絕、和末日之書。

如果沒有劇本存在，是否可以擺脫創世者的規則？

明峰聽完麒麟的分析，嘴巴張得老大。「……妳是說，妳要去燒了創世者的劇本？」

「這種爛劇本早該燒掉了。」麒麟好整以暇的進攻堆積如山的蔥油餅。

他覺得一陣陣暈眩，「妳要挑戰創世者的劇本?!我的天哪～妳真的沒撞到頭？還是妳終於急性腦部酒精中毒？我早該知道有這麼一天了，只後悔沒讓妳成功戒酒啊!!挑戰創世者?!哈！」

「哈哈哈。」麒麟皮笑肉不笑，「好，笑完了。你要不要幫我？」

「啥?!」明峰跳了起來。

「這只有你才辦得到唷～親愛的徒兒～」麒麟露出一個極度甜蜜的笑容，好看是真的非常好看，但卻讓明峰的心臟緊緊的縮在一起。

這太瘋狂了。這簡直是神經了嘛！創世者留下來的命運書，這個腦筋泡酒的師傅居然想要一燒了事？喂，這不是在燒冥紙，未來之書也不真的是一本書啊！

「嗯？」麒麟偏了偏頭，望著他。

我該說服她不要搞這種傻事。別亂了，紅十字會亂搞，吸血族亂搞，人類和眾生都一起胡來，已經糟到不能再糟了……但這一切加起來，還不如麒麟打的瘋狂主意。

「麒麟，」他額頭滲出冷汗，「我、我覺得……我認為……」

我認為麒麟的瘋狂主意搞不好會成功。

……天哪，這種盲目的「認為」是哪來的啊？不不不，絕對不行……

但他聽到自己開口，聲音這樣乾澀，「……我要怎麼幫妳？」

「很容易的，放心，非常容易。」麒麟露出更甜蜜的笑容，明峰不得不承認她比什麼天仙都漂亮，問題是漂亮得令人膽寒，「有你這純血彌賽亞當鑰匙，我想她會願意見我們的。」

「……誰呀？」這種規模驚人的瘋狂主意，有誰幫得上忙。

「目前世上最了解未來之書的人，古聖神──悲傷夫人。」

妳說誰?!妳是說，站在眾生頂端，僅次於創世者的古聖神，超乎一切的存在？

瞪著麒麟，明峰雙眼一翻，暈了過去。

五、無法停止的永恆哀傷

「……你國小真的有畢業嗎?!」沉寂已久的中興新村傳出麒麟的怒吼，「感情，把感情放進去！媽的，我是叫你寫奏章不是寫訃文！你要不要結語來個嗚呼哀哉尚饗？還是臨表涕泣不知所云？重寫！」

滿頭大汗的明峰兩眼滿是血絲，他已經熬了一整夜，還寫不出讓麒麟滿意的奏章。

「……我擅長畫符不擅長寫文章！」他氣急敗壞，「不然妳寫！」

「我可以寫會叫你寫嗎？」麒麟越看越氣，「難怪你到現在沒交到任何女朋友！羅紗真是太善良了，才會接受你這肚子沒半點墨水的文痴！當做寫情書啊！你不要跟我說你沒寫過情書？活該你一生打光棍！」

「……喂！幹嘛人身攻擊啊？」明峰也火了，「我這麼正直的人怎麼會寫騙人的情書？誰像妳啊？」

「有膽你再說一次！」

「說就說，怕妳啊？」

看他們越吵離題越遠，送牛奶進來的蕙娘啞口片刻，「……主子，小明峰大概是對悲傷夫人很陌生，所以才寫不出來。要寫情書……我是說，要寫奏章，也得讓他了解悲傷夫人是怎樣的古聖神哪……」

「我當然知道悲傷夫人是誰啊。」明峰很嘴硬，「她是吞食人類悲傷的古聖神。」

麒麟和蕙娘靜下來聽他對悲傷夫人的了解，但久久等不到下文。

「……然後呢？」蕙娘問了。

「呃，她比天帝還偉大。」

「…………然後呢？」蕙娘有些冒汗，而麒麟的臉都黑了。

「就這樣啊！」明峰硬著頭皮。

麒麟臉孔已經比北港媽祖還烏黑亮麗了。「……知之為知之，不知為不知，是知也。」

反射性的，明峰回答，「《論語》〈為政篇〉。」

「……誰跟你考出處啊?!」麒麟撲上去一陣痛打。

好不容易將他們師徒勸解開來，蕙娘感到一陣陣無力。這樣的戲碼演了幾十年也不會膩，這架似乎永遠打不完。

「悲傷夫人，可是連自己眼睛都奉獻出去，好得到修改劇本權力的古聖神喔。」蕙娘舉起纖白的食指，「她對人類極為偏袒，只是她能力實在太強，會造成世界的失衡，所以只能觀看而已。」

距離創世，已經不知道多少歲月了。現任天帝雙華之前，前任天帝名為炎山，再之前還有三代天帝，但任期不長，頂多一兩千年。

但初代天帝誕生時，創世者已經留下未來之書，不知所蹤了。古聖神們紛紛進入沉眠，等待創世者回歸，或是結局來臨。

只有悲傷夫人默默的居住在列姑射島，代管天地。在炎山帝之前，已經發動了幾次末日危機，但靠著純血人類彌賽亞的犧牲，投身地維，都沒有發生太大的異變，當時的天地還是平衡的、完整而年輕的。

所以，悲傷夫人還可以居住在列姑射島，寶愛著人類和眾生。天界與人間雖然各有所棲，但相處融洽。礙於規則，天人不能在人間久住，但偶爾來訪的天人非常喜愛這個文明溫和的人間。

當時的天柱在此，龍鳳麒麟等靈獸也在此生息。當人類的第一個都市環繞著天柱建立起來，這個深受靈氣影響的城市成了魔性天女，也選出了第一代管理者，後人稱為「初代」。

這個人間的樂園，是個非常廣大的島嶼，比當今的馬達加斯加島還大些。這裡是人類初民文明光輝燦爛的開始，也是許多眾生始祖的出生地。創世者離去，約束妖界與人間的規則鬆弛下來，許多妖族通過鏡道與水影來拜訪人類，或住下來。

眾生與人類相處和諧，相互通婚。讓人類的血統更為複雜與包容。在慈愛的島主管轄下，有了一段被稱為「黃金年代」的美好時光。

當時的各方天界各有所轄，各方天帝常常相聚歡宴。但有一天，不知道為什麼，各方天帝突然對死亡有了嚴重的恐懼，他們將自己體內的「無」抽離出來，獲得很大的成功，壽命大大的延長。

天帝們將這種奇特的法術施加在自己最信賴、最喜愛的親人或部屬身上，同樣畏懼死亡的其他天人深感不滿，為了獲得長生不老的方法，戰火因此而起。

然而天界的交戰實在太遙遠，人間渾然不覺。等人間驚覺的時候，戰火已經延燒到家門口。但在悲傷夫人的管轄下，列姑射島依舊沒有受到波及。

她命令天人退兵，並用天柱的力量迫使天人服從。

天柱的力量讓天人畏懼，進而貪婪。他們盲目的相信自己操控「無」的能力，想要奪取天柱。

但悲慘的是，他們得到的是天柱碎片——天柱崩塌斷裂，因為這個禁忌的大法而斷裂了。同時整個列姑射島解構陸沉，只剩下幾個小石頭似的殘留。

這個時候，一個彌賽亞上天為帝，炎山帝女煉石補天，修補地維，另一個帝女生下天柱化身，悲傷夫人無法停留在千創百孔的人間，卻為了這個幾乎毀滅的世界獻出自己的眼睛。

「妳說……」明峰咽了咽口水，不敢相信的看著麒麟，「妳說悲傷夫人拿自己的眼睛……當祭品？」

一個能力超然一切的古聖神，為了這污濁的人間獻出眼睛？

「是啊。」麒麟眼神飄忽，「當時子麟奶奶還是個少女。她是悲傷夫人的侍女之一。」

良久，明峰沒說一句話。他瞪著空白的宣紙，突然下筆如飛。

麒麟端詳著明峰一揮即就的奏章，感到非常滿意。這小子，說不會寫情書，結果還不是寫得這麼感人肺腑，隨便哪個鐵石心腸的女子都可以拐著跑。

「又不是不會，」麒麟抱怨了，「你瞧瞧，這不挺好？不過徒兒，你這喜歡傷痛系女性的個性要改改，不少個眼睛毀個容你就不能動心，這什麼奇怪的癖好……」

「妳、妳管我！」明峰滿臉通紅，惱羞成怒起來，「我哪有喜歡什麼傷痛系女性？神經病！剛好靈感來了啊，吵、吵什麼吵!?」

你明明有！麒麟沒好氣的白了他一眼，規規矩矩的設鏡盆映月，在月影下化了奏章。

明月當空，將窗櫺清清楚楚的映在地板上，像是另一個世界的門戶。

雖然說，跟麒麟住在一起這樣久了，明峰還是瞠目看著月影下的窗，悄悄開啟。

他抬頭瞪著緊閉的窗戶，又瞧著月影凝聚卻開啟的窗。

麒麟聳聳肩，想要跨進去，卻發現她被擋在外面。哎啊……夫人不喜歡她……或說，不承認她的血緣。

但明峰已經跨進大門了。

「夫人，別這樣。」麒麟喃喃著，「我也曾經是人類——現在依舊是。」

她開始獻歌。

「……just want to live while I'm alive.

cause it's my life.

（我只想趁活著得時候認真的生活）

（因為這是我的人生）

Better stand tall when they're calling you out.

Don't bend, don't break, baby, don't back down.

（當別人找你麻煩，挺直身子）

（不要屈服，不要放棄，寶貝，不要畏縮）」

麒麟笑笑，「It's my life.」

沉默了片刻，月影之窗不再抗拒，甚至連蕙娘都獲准進入。

果然是最接近人類的古聖神。麒麟對著自己笑笑。她開始喜歡這個頑固的悲傷夫人了。

* * *

明峰進入月影之窗後，帶著一種強烈的敬畏看著這片雪白的世界。遠遠近近，都有著柔軟雪白的絲狀物滿盈，無葉的雪白樹木伸著枝枒向天，像是無言的祈求。

蜿蜒到地平線那端的道路銀白，泛著微微的光。

身為禁咒師的得意門生，已經可以獨當一面的明峰，卻在此刻感到接近恐懼的崇敬。他早已克服了畏神的天性，就算是滯留人間的惡神也可輕易制服，但是他在這個無名的世界卻湧起那股強烈的本能。

麒麟沒有來，他連動都不敢動。

直到麒麟也穿過門限，他才暗暗的鬆了口氣，那股窒息般的敬畏才稍微褪去。

麒麟示意他跟著，他隨著麒麟、蕙娘同行，抬頭看，將暮似的天色，迴旋著深紫的彩霞。啜泣似的風輕吟，嘩然的小溪縱橫這片雪白的大地，像是無數的歌唱。

這個寂靜的世界，就是一首唱也唱不完的，憂傷的歌曲。不知道為什麼，明峰湧起這樣的感慨。

不知道走了多久，他們來到一個美麗的湖泊。但明峰怔住了。這湖泊、這股靈氣……這不是……

「春之泉？」他脫口而出。

一個莊嚴而優美的聲音在他腦中爆起，震耳欲聾，「哦？這任的彌賽亞和尤尼肯們一起住過麼？靠近點，孩子，讓我看看你。」

他不由自主的向前兩步，看著連傳說都極為稀少的古聖神。

她的寶座在湖心，由銀白樹木自然生成。她有著人類一般的外表，或許高些，但穠纖合度的比例，使得她的身高顯得優雅而不突兀。雙眼蒙著白布，絕麗的臉孔充滿不露的春威。極度的聖潔感。

宛如雪白的雷霆，或是怒燃的金黃火焰。

但她在流淚。

淚溼了蒙眼的白布，一滴滴的落下來，成了這片大地的湖泊、小溪，一切的源頭。蔓延整個大地的銀白絲狀物，竟來自她的頭髮。

失明的古聖神，沒有眼珠依舊淚流不止。

麒麟說，明峰就是喜歡傷痛系的女性，他現在不得不承認有幾分道理。唯有苦痛，可以激發出最深沉的本性。唯有從痛苦中洗練過的女人，才能散發出生命真正的光芒。

羅紗如此，林殃如此，悲傷夫人也是如此。她們的哀痛這樣深刻的刺傷他、感染他，但她們的堅韌也這樣深刻的感動他、吸引他。

涉過不深的湖水，他單膝跪下，親吻夫人的裙裾。來不及阻止他的麒麟臉孔整個煞白。

悲傷夫人喜怒無常，更不要提她是當今最高的神祇，甚至是比天人崇高幾百萬倍的真正神明。明峰這樣瀆神的行為……恐怕會引起她的震怒。

但夫人卻淡淡的笑了，聲音有著不掩飾的寵溺，「孩子，親吻我的裙裾為何故？」

「對於獻出眼睛的慈悲女士，我願為您效勞。」明峰孺慕的望著她美麗的臉龐。

她的笑容凝固，漸漸的顯露出哀戚，「……彌賽亞，親愛的彌賽亞。為什麼你們每一任都有著完美的心和殘酷的宿命？」

「夫人，妳若覺得殘酷，讓我們一起終結這種宿命如何？」麒麟淡淡的插嘴。

夫人打量著麒麟，雖然說，她失去了視力，但她的心眼清明，足以透澈一切。「妳是子麟的孩子？用人類的歌取得通行權，很聰明呀！」

「我是子麟奶奶留在人間的子嗣。」麒麟屈下一膝，「因為某種緣故，我在人間成為慈獸。」

「哦？但妳的血緣不像只有靈獸一系。」

「是，子麟奶奶下凡嫁給大聖爺的子嗣。」麒麟恭恭敬敬的回答。

「那小猴兒的子嗣？」夫人彎了彎嘴角，「人類和妖仙的孩子？難怪我會有股親切感。子麟向來是個識時務的小姑娘，懂得要選邊站，兼顧種族延續和自己的良心。連人間的子嗣都成了她的棋兒了。」

明峰沒聽懂，但麒麟卻了然在心。

家園被毀，子麟卻願意幫助罪魁禍首的東方天界重建世界，臣服於天帝，當然有她的理由。她本可跟西行的遠親一樣，另尋家園，永遠不原諒東方諸神。

但那有什麼好處？

經過這場大戰，三界幾乎毀於一旦。東方諸神罪孽深重，但神族畢竟是創世者最為寶愛的種族，能力最卓越；在人類幾乎毀滅殆盡的此刻，幫助神族彌補千創百孔的三界才是首要之急。

再說，列姑射島陸沉，靈泉被毀，她需要一個安全的地方建立新的靈泉，好繁衍生息受創極深的麒麟族。她是新任族長，必須為全族做出最好的打算。

東方諸神對她們深深歉疚，也不敢得罪她——畢竟她曾是夫人的侍女。此外，最受夫人青睞的彌賽亞雙華，也決定上東方天界為帝。

所以，子麟帶著麒麟族歸順神族，成為四麟之長當中的一個。而這個深謀遠慮的女族長，甚至下嫁大聖爺的孩子，取得另一重關係和優勢。

她是人類的妻子，也是大聖爺的媳婦兒。

許多自命清高的天人會暗暗譏笑她，說她是心機鬼，近來還說她是「王熙鳳」，當心「機關算盡，反算了卿卿性命」。但麒麟可不這麼認為。

沒錯，子麟奶奶的確心機深沉。但她為了種族延續這樣的大題目，獻祭的是她的一生和靈獸珍貴的婚姻關係。天知道嫁給短命人類對靈獸來說是多大的犧牲，靈獸終身只有嫁娶一次，此生永不渝，沒什麼可以離婚的餘地。

但她就是這麼做了。

既不歸功於己，也從不諉過。她就是這樣平常的去做該做的事情，既不要求別人感激，也沒試圖抓著別人去犧牲。

比起產下天柱的王母，她認為她的子麟奶奶更偉大，更崇高。

「能夠成為子麟奶奶的棋子，我還挺開心的。」麒麟淡淡的說，「我奶奶是個了不起的人類媳婦兒，也是了不起的慈獸。真不愧是夫人的侍女。」

夫人笑了。「妳這伶牙俐齒，倒和子麟一個樣兒，不怕惹禍的性子，也和她別無二致。」

「謝謝夫人誇獎了。」麒麟頭一昂。

子麟妳這小丫頭……知道我只對人類心軟，還特意去當人類的姻親。從小兒就是心思如針又特愛惹禍的個性，千萬年來，怎麼都不改呢？

夫人陷入模模糊糊的感傷，好一會兒沒有言語。

「說罷。妳特別請了彌賽亞來開道，又說想終結這種殘酷的宿命。我想妳有什麼惹滔天大禍的主意吧？」夫人語氣顯得溫和多了。

麒麟偏了偏頭，「夫人，斬草要除根。妳我都明白，讓彌賽亞去結地維只是暫緩，末日還是在那裡虎視眈眈。」

夫人顰起秀氣的眉，點了點頭。

「若把『末日』的結局取消呢？」麒麟注視著夫人。

「不可能。」夫人馬上否決，「創世者將末日寫進未來之書，就註定這個結局不可更改……」

「那就把未來之書燒了不就結了？」麒麟倔強的挺直背。

夫人驚呆了，好一會兒說不出話來。

燒掉未來之書？她在動什麼褻瀆的念頭……燒掉創世者的劇本?!

……但為什麼不可以？她為什麼沒想到這點？

她是第一個出生的古聖神，由創世之父所造，心性容貌卻似創世之母。她也特別依戀母親，母親失望離去時，她哭得最哀。

當創世之父漸漸瘋狂，甚至寫下未來之書，有了最黑暗的結局時，她血泣請求父親回心轉意。

當時已經瘋狂的創世之父只冷淡的看看她，「哀，妳和妳母親真像。真奇怪，妳不過是個無性無別的創造物，居然會這麼像那個軟弱心腸的女人。」

「……父親，請你發發慈悲。」人類是她協助母親一起創造出來的，是她這沒有性別的神祇僅有的孩子們，她受不了這個。她受不了她孩子當中的彌賽亞血祭才能延緩毀滅，而且只能延緩一點點時間。

「發慈悲？那誰對我發慈悲？那女人走的時候對我發了什麼慈悲？」創世之父怒吼，摧毀了好幾座大山，怒氣才稍稍停止。「哼，哼哼哼。那女人要我發慈悲，妳也要我發慈悲。可以啊……」

他的眼底擁有清醒的瘋狂，「如果妳將眼睛挖出來，我就讓妳改一次結局……記住，妳只有一次的機會。妳要我發慈悲，妳就先捨己為人吧。」

按著白布，她只有空空的眼眶，苦笑著。創世之父給她改變結局的機會……等她挖出自己眼睛，才發現這是個精緻的惡意。

折斷的天柱的確得到重生，卻是個天人的皇儲。斷裂的地維得到修補，卻依舊讓「無」啃噬著。

即使她盡力扭轉了方向，未來之書依舊運行不墜，她只能眼睜睜的看著孩子們走向末日。

為什麼不？小丫頭的女孩兒都有這種志氣，她有什麼不能捨？

「我能幫妳什麼？妳說說看。」夫人開口了。

「我要知道，末日之書的真正面貌，還有他的一切。」

望著麒麟，夫人深思起來。這女孩兒，是個禁咒師。難道外於創世者的劇本與規則之外，尚有奇妙的巧合和軌跡，冥冥之中運作不已？

「未來之書，並不真的是一本書，最少不是妳概念中的那種書。」夫人開口道，「他和我相同，都是創世者的創造物。但我是模仿創世者的形態呈現的，而未來之書不是。」

「我問妳，『書』的構成是什麼？」

書？麒麟轉念，紙張？裝訂？不，這些都是枝微末節。電腦呈現的網站內容也可以說是一種「書」。

「……是文字。」

夫人讚許的點點頭，「沒錯，是文字。所以這個創造物稱為『未來之書』。他的一切都是由文字所構成，至於妳看到的影像聲音，都是未來之書轉譯文字的結果。正因為他是由文字所構成，所以只要是文字可以敘述的範圍，都是他的領域。」

「……沒有文字不能敘述的範圍。」

「所以他的領域沒有邊界。」

麒麟安靜下來，她雙眼燃燒著怒火，「不可能存在著全知全能的人事物！」

很不錯的志氣。夫人彎了彎嘴角。這女孩兒做得到。

「唯有文字可以轄治文字。」看麒麟困惑的瞇細眼睛，她提點，「妳是禁咒師。」咒，乃是心苗湧現的字句。英文稱為「power word」，和中文的「真言」不謀而合。

「一開始，所有的語言都是『咒』。」夫人露出追憶而苦澀的笑容，「我和母親創造人類時，母親將『文字』用『語言』的方式教給了人類。我不知道這是巧合還是母親的用意……雖然父親強行用了『禁』將人類的文字壓抑住，但人類漫長的文明卻發展出自己的『文字』。所有的文字和語言都出於同源。而妳是掌握『禁』與『咒』的人。」

……原來，我就是為了這一天，成為禁咒師的嗎？麒麟笑了起來，充滿勇氣和興味。

這很有趣。

「我必須感謝妳，夫人。」麒麟行了禮。

「先不忙著謝，我問妳，」夫人微微偏著頭，「既然妳能打動我，為什麼不求我去親手毀了未來之書？」

「『唯有人類即將毀滅，我才會起身。』」麒麟說，直視著夫人光燦的臉孔，「這是您給自己下的『咒』，您有您的理由，而獵殺未來之書是我的責任。」

「我是託付了個聰明人。」夫人淡淡的，轉頭「看」著明峰，卻對麒麟說，「其實，妳選了一條沒人知道結果、也特別艱險的道路。一般人會選比較平順的路。」

麒麟垂下眼簾，「明峰，你告訴夫人，你想要走哪條路呢？」

聽呆了的明峰如夢初醒，「啊？呃……」他總算組織出來龍去脈，「若真的我非結地維不可，我會去的。」

他現在可以明白每一任的彌賽亞、繼世者為什麼都甘願去結地維，甘心就死。一個人活在世界上，就與世界的眾生人類都有千絲萬縷的關係。

有些親友老去，有些親友死了。但他認識了新的親友，更多更多的眾生與人類。羅紗死了，但她的倩影永遠在他心中，活生生的微笑；明熠老了，但臣雪長大了。

他想到這漫長的旅途遇到的每個人、每件事。或許他在長生中感到孤寂，但只要麒麟和蕙娘還在，只要英俊還會羞怯的笑，或許孤寂就不是那麼絕對。

說不定，連艱苦的地維巡邏都不是那麼難受，在安撫大地的同時，他也安撫了自己的孤寂。付出一點努力，他就可以改變一些些，這微小的努力累積起來，說不定可以讓這世界更和諧。

因為他將是個禁咒師。因為他擁有心苗自然湧現的字句，這是一種音樂，一種早於生命迴響的、用文字構成的美妙音樂。

「……但在宿命來臨前，我想成為一個禁咒師。」他燦笑，擁有一種從容的溫柔。「麒麟說，要燒掉未來之書。要燒就一起去燒吧……但若失敗了也沒關係。我會去的……真的。」

夫人的臉面對著他，雖然知道她失去眼睛，明峰卻覺得被她深深凝視著。

「很好，很好。我的孩子，甚好。」夫人的聲音如此溫柔，像是響徹梢頭的凜冽春初東風。「我允你。我一定實現你的願望。」

失明的眼睛向著天空，「彌賽亞的犧牲，將到此為止。」

她將所有關於未來之書的一切，灌注到麒麟的心裡，抹之不去。

六、獵殺未來

他們沉默而堅持的追獵就此開始了。

這不是個容易達成的目標，畢竟他們面對的是創世者的創造物，幾乎可以視為古聖神的預言者。

這大約比弒神還嚴重多了——僅次於跟創世者挑戰。

而且「未來之書」的智慧超乎任何人的想像。這個千變萬化的預言者躲避著他們的追獵，並且在很短的時間，讓他們四面楚歌。

他倒是個優秀的煽動家。麒麟想。若不是他們熟悉地維到像是自己的一部分，往往可以從地維脫逃，不知道被紅十字會和吸血族夾殺多少次了。

但是越危險，麒麟越起勁。原本她這些年致力於修補地維，吞噬過多的「無」，讓她的情感也漸漸隨著吞噬和轉換的過程一點一滴的流失。但吸血族扛下了修補地維的工作，情感流失趨緩，極度危險的刺激下，她的情感又因此復甦，越來越像全盛期的她。

在這種命懸一線的狀況下，她不但越來越愛欺負明峰，還越喜歡往危險的地方鑽……比方說，吸血族的各個實驗中心。

他們像是一支小規模卻爆發力十足的游擊隊，悄悄的潛入吸血族的心血結晶，短短幾分鐘，就毀了他們幾百年的研究成果。

明峰不禁有些後悔，不該告訴麒麟他初次誤闖的情形。結果麒麟大笑特笑之後，也同樣對著警衛催眠，「你看不到我你看不到我你看不到我……」

這很蠢，真的很蠢。

他們神出鬼沒的行動激怒了原本就被煽動的吸血族，吸血族議會的最高長老暴跳如雷，原本在吸血族中懸賞的追緝令發到全世界，賞金額度節節升高，簡直和某些小國的國防預算相仿，也引發了一波狂熱的賞金獵人潮……

但依舊要面對實驗中心各個擊破的慘況。

幸好吸血族沒有血壓問題，不然議會諸長老可能中風久已。

「這真的是好主意嗎？」經過多年磨練，明峰學會了傳音入密，但依舊震耳欲聾，

「妳確認這是好主意嗎？」

摀著耳朵的麒麟半晌不能作聲，「……我求你小聲點。你怎麼還是魔音穿腦啊？我沒被吸血族抓去千刀萬剮，會先被你的大嗓門弄死……」

連塞著耳機都不能阻擋，她這個徒兒是不是真心想弒師？

明峰搔了搔頭，試著調整聲音。他學是學會了，就是控制的不太好。「我覺得，直接催眠警衛和研究員進入就好了啊……犯得著又學阿湯哥嗎？」

「蜘蛛人啦！」麒麟不太高興的回嘴，「我費很大的力氣開發道具欸！你看不出來是蜘蛛人嗎？誰跟你阿湯哥……每次都用同樣的方法入侵，有什麼意思？總要有點變化……」

明峰絕望的閉上嘴，望著手腕上堅韌卻細如遊絲的「繩索」。他們此時此刻正吊在天花板上，下面是人來人往的大實驗室。

這真是慘絕人寰的餿主意。

他們的摧毀目標通常只有兩個：一個是養殖人類的絕育，通常照一發特殊光線和持咒就完成了；另一個是摧毀人工彌賽亞的胚胎，這也很簡單。

他們沒辦法解救養殖人類的困境，畢竟人數這樣的多，要安置數以萬計的養殖人類恐怕得依賴到國家的力量，而不是他們這樣單薄的小團隊。但在紅十字會的干涉下，的確養殖人類的生活條件好很多了，雖然還是糧食的身分。

但麒麟更乾脆一點，讓悲劇到此為止，不再出生養殖人類。事實上，他們的成績不錯。

但往往會出現第三個目標……吸血族到現在還沒有放棄對「無」的研究和應用。這個就困難多了。畢竟「無」非常危險，吸血族通常會謹慎的加上多重科技防護和禁咒，要在沒人發現的情形下解除複雜到令人抓狂的多種防護，然後摧毀生命力極強的無，簡直是不可能的任務，但麒麟總是樂此不疲的接受這種高難度的挑戰。

第一次看到麒麟吞噬無，明峰心情低沉很久。這驗證了他長期以來的憂慮和煩惱，當事實擺在眼前時，他不忍的轉過頭。

「沒你想的那麼複雜好不好？」麒麟漠然的說，「味道還不錯哩，有咖哩雞的味道。」

……最好是啦！

「你早晚要接受的。」麒麟拍拍他的頭，「總有一天，你會成為禁咒師。」

「比起當禁咒師，我比較希望妳好好的。」明峰乖戾的扭頭，「妳別想拋下我不管！妳還沒讓我畢業哪！」

「哼哼，」麒麟肆無忌憚的笑，「你這點微末道行，還想畢業？慢慢等著吧你！」

雖然對她暴跳，但明峰卻暗暗的鬆了口氣。

這次的行動華麗了一點……甚至引發明峰的暴怒，導致他把狂信者式神放出來。

因為麒麟得意的道具出了差錯，繩索斷裂，她筆直的掉進擁擠的實驗室。事出突然，即使是麒麟也忘了舞空術，一屁股跌在地板上，和眾多吸血族研究員面面相覷。

短暫的沉默與呆滯之後，警鈴大作，守株待麒麟等到快要暴動的軍隊終於有宣洩的機會，一湧而上，只見機槍雷火霹靂閃……明峰飛馳而下，後背挨了一刀，又磕破了額頭，護著麒麟，滿臉是血的轉過頭，眼中閃爍著怒火……

因為他看到麒麟的臉頰被子彈擦過，滲出血來。

他放出狂信者式神，如暴風般橫掃實驗室。這批狂信者曾經殲滅底特律的吸血族前鋒部隊，成為吸血族的夢魘。

「問問自己，你們是誰？」明峰凌厲的號令，「帶著天風，捲起塵土而來，莫忘甘醇之肉味！」

他的封咒歌緩住了狂信者的嗜殺，讓他們在致命的攻擊下留下活口。

「我們是熱心黨。我們是熱心黨伊斯卡利奧得猶大！」狂信者隆隆的回應，如這地底嚴厲的雷。

「昔日山在虛無縹緲間，思想起！」明峰又喊，抹去臉頰的血，眼神和狂信者有著同步的乖戾。

「我們是死徒！我們就是死徒！

我們只是伏在地上，請求主人的允許，

我們只是伏在地上，自願為主殺敵。

自願在黑夜中，揮動短刀，並在晚餐裡下毒。

我們是刺客！我們是刺客猶大！」

舉起喚微笛凝聚而成的光劍，明峰的臉孔陰暗，「服從我！服從你們的主！」

他們成為一群名為「恐懼」的具象化部隊，鬼影幢幢的狂捲整個龐大的實驗室。所有的吸血族完全喪失了勇氣，被恐懼徹底征服，爭先恐後逃出去，事後完全想不起來發生什麼事情。

麒麟倒是在一旁張大了嘴。她這小徒進化到這種地步，完完全全可以搶走她的飯碗了。

等明峰把可以弄壞的儀器設備、實驗成果，甚至連「無」的病毒都毀得乾乾淨淨，跑回來發現他的師傅還坐在地上發呆。

「……麒麟？妳沒事吧？」他緊張的在麒麟眼前晃了晃手，發現她還會眨眼睛，稍微心安了點，掏出OK繃幫她臉頰的傷止血。

「……狂信者呢？」麒麟好不容易找到自己的聲音。

「我收起來了呀！」他以為麒麟擔心他的傷勢，轉過身給她看，「別擔心啦，我現在可以在輕傷狀態喚出他們，還可以快速癒合喔……」

他總不能一直依賴麒麟是不是？他總是要長大的。所以，他很努力的設法控制狂信者，終於有了成績。

「……」麒麟一臉古怪的看著他，「你的始咒出於……？」

……妳問我幹嘛？那不是妳教我的？但他有種書蟲的強迫癖，很直覺的回答，「平野耕太的《厄夜怪客》。」

「那半中間的驅使咒是……？」

「藤田和日郎的《潮與虎》。」

他和麒麟面面相覷，好一會兒，麒麟一臉感動，「徒兒，你終於學到為師的精髓了。青出於藍，又勝於藍哪！」

明峰臉孔一白，又羞得通紅。「誰、誰像妳？都怪妳啦，給我這種什麼奇怪的式神！試了無數方法都不鳥我，只聽動漫畫的咒！什麼人就養什麼狗，什麼樣的人就收怎樣的式神啦！我這叫做因時制宜，可不是學妳亂來聽到沒有?!」

麒麟掏了掏耳朵，把耳機塞進去。

「……甄麒麟！」他暴跳起來，「妳那什麼態度啊?!」

他氣沖沖要撲上去，卻被雜物絆得一跤，麒麟看他那可笑的模樣，笑得前俯後仰。

摀著鼻子，他羞怒的坐起來，正要發作，卻聽到旁邊一個老式唱盤似的玩意兒嗡的一聲發動起來。

那像是個立體投影，一個大約半公尺高的「人」漂浮在半空中，俯瞰著他們。

精緻而纖細，像是初晨的薄霧所凝聚，縹緲朦朧的美貌。麒麟有股強烈的感應，當初夫人灌注到她心裡的資料運作起來，讓她脫口而出，「未來之書？」

那個麗人兒，轉過雪白的瞳孔，對她淡淡的微笑，譏誚的。

「這就是你人類的形態啊。」麒麟欣賞著，「我要說，就一個煽動家來講，你長得實在很不錯，未來之書。」

他輕笑了一下。「這是你們想看到的形態，對我是沒有意義的。禁咒師……」他的聲音悅耳，像是金玉和鳴，「我們目的殊途同歸，不應該是敵對的。」

「你是想說服我別獵殺你嗎？」麒麟甜笑，卻帶著一絲絲的邪氣。

未來之書的笑容凝結，深沉的看著麒麟。「獵殺我？妳知道我什麼？我是創世者的創造物，未來就寫在我身上。我雖然比古聖神出世得晚，但我地位與他們平等。妳想獵殺我？獵殺這世界的未來？」

「這不是你的錯，我也感到很抱歉。」麒麟攤攤手，「誰讓創世者的編劇能力爛到有剩，這種五百塊的劇本不該存在的，只好人道毀滅。」

未來之書微偏著頭，明峰注意到他這個小動作。就一本書來說，他太像人類。他突然湧起一種荒謬可笑的感覺，難道在漫長的歲月中，未來之書成了一種付喪神？

「所謂日久成精嗎？」麒麟笑出來，「現在覺得對你動手有些不好意思了。你啊，越來越像眾生……或許越來越像個人類。身為一本書，卻害怕死亡，實在讓人覺得很可愛。」

靜靜的凝視著麒麟。「我沒有所謂的死亡。我和『無』的關係還比較深些。若這世界毀滅，我還是存在著的。」

「沒有可供記錄的無盡空白，你的存在剩什麼意義？」麒麟嘲笑著。

未來之書安靜下來，嚴肅的看著麒麟。這短命人類刺中他了。不知道從什麼時候開始，他對末日感到不安。原本只會忠實的執行創世者命令的他，對著結局的空白，感到強烈而陌生的不適。

不會再有故事、文字，可供記錄在空白頁上。什麼都沒有了。

執行著創世者的命令，他這沒有慈悲沒有情感的創造物，開始恐懼結局。

原本他是那樣忠實、理智，有條不紊的執行創世者的指令。將自己展現在彌賽亞之前，漠然觀看他們的錯愕和掙扎，然後看著他們走向註定犧牲的末路。

這是試煉。他還記得創世之父喃喃的自言自語。讓那些特別有天賦的人看看未來，讓他們自以為可以改變什麼。事實上未來絕對不會改變，所有的一切都會毀滅殆盡。什麼都不會剩下。

他忠實的執行這些殘酷，不曾遲疑。

什麼樣的因，就會有怎樣的果。而他往往是因果的製造者，操縱著文字如絲線，原本這世界就是他手下註定毀壞的傀儡。

原本是這樣。

是他將長生賜給最初的天帝們，因為不平等是紛亂的起源。是他將取得天柱力量的貪婪放進天人的心裡，因為末日條件需要滿足。

原本應該是這樣。

但哀將自己眼睛挖出來的時候，他遲疑了。

同為創造物，他不懂哀火樣的熱情，但他懂了哀的譏諷。

哀說，「未來，這是父親答允我的。我可以獲得修改的機會。再說，等這一切都歸於虛無時，你的空白該用什麼填補？」

這開始了他漫長而難熬的不安。

終究所有的人都會看到他，理解末日無可迴避。在末日之前，就徹底崩壞一切秩序而毀滅。創世之父說，這才是慈悲。在激昂的暴力中結束自己的命運，用不著眼睜睜看著末日來臨。這是身為父親最後的慈悲。

原本他該這樣執行。

身為一部會生長記錄的書，他無法忍受只剩下空白。如果末日無盡延後呢？這辦得到的……不用等稀有的彌賽亞，現在粗陋的吸血族都能辦到了，他們只需要一點點動力。

沒有善惡觀念的他，選擇了吸血族。因為他們最無畏，他們沒有任何顧忌。而且，他們的科技文明最發達。

他並不在乎這個世界的眾生和人類會不會呻吟苦痛，他只要這個世界存在，繼續有可以記載的故事。而且經過苦痛的淬鍊，故事特別精采，精采到會閃閃發光。

熱愛這樣閃亮的文字，像是他最驕傲的紋身。

他不用怕這短命的小姑娘。但有種奇特的危機感讓他避開，驅使人類和吸血族去清理這隻蠹蟲。但這蠹蟲似的人類少女，卻逃過一次次追殺，和一個彌賽亞不斷的壞他的事。

討厭的人類，討厭的禁咒師。

但除了厭惡外，他衍生了一種奇怪而嶄新的感覺，名為「好奇」的感覺。

「妳的眼力很好。」他稱許，「只是虛像，妳也認出我來。」

「若有夫人的灌頂，誰都可以眼力好。」麒麟聳聳肩。

未來之書頓了一下，「哀也打算背叛父親嗎？」

「也？」麒麟笑了起來。

未來之書的雪白瞳孔驟亮，幾乎不可逼視。

「我踩到你的痛腳了嗎？」麒麟閒閒的說，「我想到幾十年前的一部漫畫，叫做《死亡筆記本》。如果你想抹殺我，搞不好在死亡筆記本上寫我的名字和時間地點、死亡方法，說不定比什麼都快。」

她嘲笑，「還是堂堂未來之書連個破漫畫的創意都沒有？」

「……哼。『激怒』就是這種感覺嗎？」未來之書瞳孔裡的白光黯淡下來，「很特別。妳的建議很好，或許我該弄個與眾不同的死法給妳……」

麒麟輕蔑的舉起拇指，往自己的喉嚨由左而右的畫了一道。沒錯，她在挑釁，非常囂張的挑釁。記錄世間萬事萬物的未來之書一定能了解的。

他的確了解了。幻像衝到極限，幾乎要掐住麒麟的脖子。

「抓住他，明峰！」麒麟結著手印，「所有的實體、所有的空間，對我來說都是開放的！」

明峰身體比意念快，伸手去抓未來之書的幻像。未來之書立刻切斷聯繫，卻被一隻人類的手抓住。

在那一刻，他簡直不敢相信。他立刻將自己解構，卻沒辦法脫離那隻手的掌握。

「別鬆手！」麒麟厲聲，「所有的實體、所有的空間，對我來說都是開放的！」

她的咒像是劃破實體與空間的利刃，讓無視規則的明峰得以抓到未來之書。即使未來之書在他的手底解構成一種流動、纖細，又古怪的東西，他還是沒有鬆手。

「蕙娘，英俊！」她召喚，「起界！」

兩個式神馬上出現，並且照著麒麟之前的吩咐布下奇特的結界。

或許，這一切都是為了這一天。麒麟望著黝暗的「無」所凝聚的界珠，默默的想著。

我會成為禁咒師，死而復甦，會收明峰為徒，然後自願成為虛無慈獸，都是為了這一天準備。

若不是這樣的經歷，悲傷夫人給她的方法就無法貫徹。

「無」吞噬一切，而她，吞噬「無」，剋制「無」。

她會挑釁似的到處找吸血族的麻煩，除了出於自己的不愉快，她就是希望狡猾的未來之書會出現在她面前。哪怕是虛像也好……只要他出現，無視規則的明峰就可以抓到他，而麒麟，虛無的慈獸，只要劃破一個微小的空間限制，就可以讓明峰施展他奇特的本領。

未來之書放棄掙扎，反而沿著明峰的手臂侵入皮膚。轉瞬間，無數文字在明峰的表皮下游動，想要侵占明峰的身體。

這是一種可怖的情形。明峰的右手緊緊抓著不放，但流動的、極為細小的文字在他身體裡不斷爬行蠕動，連眼白也不放過。

痛是不痛，但有種奇怪的痲癢感，伴隨著噁心和無數過多的資訊，幾乎讓明峰的腦子炸開來。

英俊變色，正要衝上來，麒麟嚴厲的制止她，「別動！顧好妳的方位！」

她抽出鐵棒，睥睨的看著正在侵占明峰的未來之書，眼中冒出如鬼火般的青光，麒麟角陡長，身體漸漸化為虛無的蒼青色，漂浮在半空中，她張口，呼喚虛無。

無數「無」發出尖銳的慘叫被她吸入體內，像是黑暗的光流，讓她發出闇青的光芒。

明峰不會有事的。未來之書會發現，他沒辦法真正入侵。因為明峰體內住著最為偏執的狂信者式神，是極度排外的死徒。

「所有的實體、所有的空間，對我來說都是開放的！」她將鐵棒像是一把刀般筆直的刺入明峰的身體裡。

在英俊的尖呼中，明峰呆呆的看著麒麟，又低頭看看已經貫穿他腹部的鐵棒。坦白說，一點都不痛。

「不！」英俊大叫，卻被麒麟罵回去，「告訴過妳不要動的！」她被麒麟震懾住，呆呆看著被殺的主人。

「……麒麟？」明峰逼緊了聲音。

「徒兒，相信我。」即使是化身為人形虛無慈獸，麒麟的笑容依舊輕鬆自在，「別鬆手。」

「……我永遠相信你。」即使被貫穿，腦袋幾乎要爆炸的痛，明峰還是點了點頭，沒有鬆手。

麒麟的笑意更深，卻帶著深重的哀傷。讓她看起來和夫人很相像。她攪動鐵棒，將尖叫著的未來之書從明峰的身體裡拖出來。明峰呆呆的看著自己完整無傷的肚子。麒麟的鐵棒明明貫穿了他……但他連衣服都沒破。

無數活生生的文字，蠕動著，像是承受極大的痛苦。就是一大團雜亂的文字，充滿了「因」、「果」。這些文字反過來纏住鐵棒，試圖侵占麒麟。

但接觸到麒麟的皮膚，像是接觸到雪白的火焰。畏縮的想倒退，卻被火焰抓住。

「我已被吞噬殆盡。」麒麟靠近鐵棒上的未來之書，「換你讓無吞噬了。」

未來之書的本質是「文字」。而文字，是由「空白」和「軌跡」所組成。當「空白」侵吞「軌跡」，文字就消滅了。

未來之書唯一的剋星就是「無」。由同樣可以操控文字的禁咒師衍生出來的「無」。

「獵殺我之後又怎麼樣?!」未來之書不斷尖叫，「又怎麼樣？成住壞空，萬物都逃不過，包括創世者！失去我就沒有經緯，沒有可遵循的方向～」

「你說得沒錯。」麒麟點點頭，眼中的鬼火閃爍，「成住壞空，誰也不能免。但就算是毀滅，也由眾生和人類自己決定，不用遵循任何人的意志，那怕是創世者。」

讓麒麟吞噬轉化的無，從她握著鐵棒的手蔓延出去，開始吞噬文字。「即使是父親，也沒有權力主宰子女的人生。就算是創世者，也該滾旁邊去。」

無一個個吞噬文字，未來之書的尖叫漸漸微弱、緘默。

凝視著漫長而殘酷的過程，麒麟的頰上滾下眼淚。「……我不喜歡殺生。可以的話，我也想尊重你存在的權利。」

閉了閉眼睛，「……對不起。」

快要被吞噬殆盡的未來之書安靜下來，不再掙扎。

為什麼……我是創造物而不是眾生呢？為什麼我生下來沒有情感？或許……我偷偷的羨慕過哀。

為什麼，我特別迷戀人類的故事呢？

他知曉一切，但他依舊不知道創造物有沒有靈魂。

為什麼我生來就是一本黑暗的劇本，而沒有我自己的人生呢？

他被抹殺完畢。

之後幾天，麒麟的心情非常差勁。她足足大醉了一個禮拜。

沒有人意識到，禁咒師和她的弟子做了怎樣震撼天地的大事。不會有人傳誦，也不會有人讚美。甚至明峰都還不能體會到自己占了怎樣重要的位置。

他們解開了創世者對這世界最大的詛咒，焚毀了創世者的黑暗劇本。

明峰只知道，疲憊又傷心的麒麟告訴他，一切都沒有什麼改變。若天柱折地維絕，世界還是會毀滅。就算不再有末日條件，天柱和地維依舊是支撐天地最重要的一環。

「那我們這麼做是為了什麼？」明峰茫然。

「……自由。」麒麟憂鬱的笑，「我們得到了自由。」

她醉到暈睡過去，明峰則要到很久以後，才了解麒麟的勇氣和決心。

*　　*　　*

在麒麟大醉的那個禮拜，明峰也沒閒著。

他非常努力的翻資料，上網搜尋，但他就是找不到麒麟切開空間的「咒」。身為麒麟的弟子這麼多年，他才不相信麒麟會轉性，規規矩矩的用正統的咒。但她這次實在太有魄力了，幾乎唬住他……

這不可能吧？

遍尋不獲，他有些氣餒。

「……你在找什麼？」蕙娘忍不住，開口問道。

「麒麟這次的咒是抄哪篇漫畫還是小說的……」他頭也不回的試圖搜尋，「難道出版日期太久？但我已經查到《諸葛四郎》去了，是不是還要往上查……？」

蕙娘噗嗤一聲，眼神飄忽，「那不是動漫畫也不是小說。」

明峰狐疑的看著她，「……我也查了之前『信長之野望』網路遊戲的全套對白，沒這段。」

「主子又不是只玩一款網路遊戲。」蕙娘頓了頓，「你記得幾十年前，有款網路遊戲叫做『魔獸世界』？這是當中一個大魔王，卡拉贊的莫克扎王子的對白。當初上邪正在瘋這款網路遊戲，拓荒人手不夠，叫主子開術士上去幫忙——你不要問我術士是什麼，我不知道——那時電腦天天都在喊這句，主子就埋怨過，這句她喊起來比較有氣勢。」

……妳是說，我們跟創世者的創造物，暗黑劇本的未來之書對峙，麒麟用一句網路遊戲大魔王的對白當作「咒」？

雖然說，他早該習慣了，但他發現，他永遠不能習慣。

「……這世界沒被麒麟玩完，還真是奇蹟了。」

七、風暴前夕

未來之書的消亡，並沒有引起太大的注意。

最為恐慌的大約是吸血族議會長老，他們突然失去一個類似先知的「導師」，不禁感到茫然。但是未來之書早就將計畫有條不紊的交給他們，他們抱持著一種盲目的忠心，相信導師還是會跟他突然消失一樣突然出現，繼續執行計畫，並且貫徹麒麟的追殺令。

但一般的吸血族只在夢境裡閱讀過未來之書，並沒有看到他的人形態，也沒接受過「指導」，對他的存在更茫然不解，所以受到的影響不大。

紅十字會驚覺入侵夢境的「末日預言」莫名的消失，但他們對未來之書，知道的比吸血族少太多了。夢境的入侵和消退都同樣突兀，雖然百思不解，但這恐怖夢境可以消除，相當程度的穩定原本有些動盪的人類社會，也樂觀其成。

至於人類，這是個樂觀而健忘的種族。他們總是可以用科學找出合理的解釋，認為這是「世紀末集體恐慌精神障礙症候群」。很快的，人類淡忘了這個龐大的集體夢境，這種樂觀的態度也感染了相同在人間的移民。

有幾年的光景，人間呈現一種反常的平緩和樂。封天絕地，人類開始掌握自己的命運，過度發展的科技漸漸趨緩。吸血族成為新移民，卻沒有想像中的衝突和歧視。畢竟除卻高層的傲慢，新一輩的吸血族受人類文明洗禮已久，越來越像人類，更何況有些是自願或半強迫的由人類轉生成吸血族。

這些斯文有禮的新移民讓人類有了極好的印象，漸漸的，人類接受了飲食習慣不同的新移民融入社會，而吸血族的激進分子通常都留在各大研究中心，涇渭分明。

在這文明最後的榮光時刻，人類努力在科技和自然當中取得平衡，也獲得很大的成功。飢荒的問題漸漸被解決……融入社會的吸血族通常是有熱誠的科學家、醫生，甚至還有不少環保人士。他們獻身在第一線，為了讓世界更美好而奮戰。

有段時間，真的有段時間，人間似乎光輝燦爛，溫和漸進的往世界大同走去。戰爭減少，壽命延長，糧食充足。適當的節育計畫和國際性的移民交流讓人間充滿希望。

原本在封天絕地之後，隱藏在暗影的妖異猖獗過一陣子，但在紅十字會的努力以及不明原因，莫名的銷聲匿跡，人間的表裡世界有了新的平衡。

跟著麒麟旅行的明峰，有時候會有種錯覺。覺得末日不可能來臨，世界會越來越美好。不管人類走了多少千奇百怪亂七八糟的歧路，文明依舊是往良善的方向前進。

他甚至認為，他會跟麒麟、蕙娘，還有英俊，不斷的在世界到處旅行。現在他修補地維非常拿手了，認得每個轉折、每個編結。

「這呢，就是人世的血管。」麒麟悠然的仰望地維，「有的是動脈，有的是靜脈，有的是微血管。流動其中的血液，就是力流。」

「那妳是白血球，我是血小板囉？」明峰半開玩笑的回答。

麒麟頓了頓，「嗯，你開始越來越像我了。」

「……誰像妳啊?!」

原本以為，會這樣一直旅行下去，看著越來越美好的人世。

原本應該這樣的。

但他們做再多的努力，都只是人間的勤奮。他們的範圍不能超過這裡。

就在某個夏天的夜晚，全世界的生靈突然毫無理由的望著天空的東方，讓恐懼充滿了心胸。

沒有人知道發生了什麼事情。只有恐懼壓迫著心臟，幾乎無法呼吸。

麒麟和明峰同樣望著相同的方向，明峰感到劇烈的頭痛，而麒麟失神了。

「……天帝駕崩了。」她的臉孔，褪得一絲血色也沒有。

但除了這句話，麒麟一直沉默不語。後來她開口，要明峰先回列姑射舊址打聽消息。

其實這只是想要支開明峰。封天得這麼徹底，他什麼也打探不出來的。但她在等。

果然，當天晚上，月影下的窗無聲無息的開啟，夫人召喚了她。

依舊是聖潔的美貌，如夏天的雷閃。但她的憂傷卻褪成一種堅毅，憂悒而穩定。

「雙華死了。」悲傷夫人沒有落淚。

「我感覺到了。」

兩個女子，哀傷的古聖神和虛無慈獸默默相對。種族、外貌、能力，都有極大的差別。但在此時此刻，她們卻特別相像、理解彼此。

甚至無需言語。

雙華，那個可愛的、精力充沛的少年。總是配著劍四海遊歷，難得回到列姑射，總喜歡跑去找初代管理者東扯西扯。有時候被煩不過，初代會扭頭，「夫人，妳瞧這碎嘴，吵死人。」

他總是笑嘻嘻的，雖然已經是當時有名的劍客。

那美好的年代……美好的，美好的年代。天帝的女兒玄才剛滿兩百歲，看守著天柱，一個高傲、純潔的美麗公主。她的姊姊女媧是哀的侍女之一，看守連接天上人間的碧泉並且負責獻歌。一個溫柔的，喜愛人類的好孩子。

即使都在這個城市，高傲的天帝公主不曾離開天柱，劍客雙華抱著敬意沒有接近過。這對應該認識卻陌生的孩子，最後在天界成了親，過程卻有些不忍卒睹。

憂鬱的天帝，陰沉的西王母。

她的思緒一跳，跳到天柱毀滅的那一刻。她幾乎殺了玄。雖然她知道玄是無辜的，但身為看守天柱的少女巫神，她的同族卻意圖染指天柱的力量，利用了她，造成了無可彌補的末日啟動。

「……妳走。我再也不要看到妳！」

「那只是一小盆花！」玄哭著抱著她的腿，「夫人，我真的不知道那裡面有什麼無的種子……」

「快滾！天柱折了這世界就要毀了！妳還來得及跟妳那罪大惡極的同族告別！」那是哀第一滴落在人間的淚吧？「我很不該將天柱的責任交給妳，交給神族！我很不該……很不該不敢違抗父親的命令……」

玄的淚一滴滴的落下，「……夫人，我會負起責任的。」

「滾！」她什麼都不想聽了。「我將毀滅神界！聽著，我給妳兩天告別，兩天後我就去毀了所有的一切！」

在極度暴怒中，她的確想要親手摧毀所有的神族。是那孩子，身為彌賽亞的雙華跟女媧同來，告訴她，他要上天為帝，代替天柱。

雙華說，他會盡力讓這世界繼續存在下去，女媧說，她願意奮戰到最後一刻。後來女媧終生都在彌補裂痕，為了讓地維安定，她甚至割下自己的手獻祭。

就是那一天，她挖下自己的眼睛，懇求一次機會。

「雙華……雖然壽算比一般的神族短，但也已經是極限了。」悲傷夫人露出一個蒼白的微笑，「原本他可以活長一點……但玄竊取了他的元神去產天柱。」

原本不用如此。雙華是純血彌賽亞，他本身就是新的天柱或地維中心。用完整的天柱去補已死而破碎的天柱精魄，只是成就了兩個不完整的天柱化身。

但那個天帝公主一意孤行，等她們知道的時候已經太晚。

未來之書在當中扮了極為重要的角色……但又怎麼樣？未來之書毀了，雙華……也終於結束了他的苦難。

無可追究，也無須追究。

「夫人，」麒麟抬頭，「我還可以做什麼？」

「失衡的天柱麼？」她輕笑，「他已經即位，而且上了一道非常傲慢的奏章。」她露出淡淡的冷漠，「據我所知，他給自己安排了致命的賀客。」

殘缺的天柱化身，應該會自毀吧？天界說不定就這樣滅亡了。但她心裡反而沒有那種深重的絕望。

「我不要再看到，將世界的成毀放在孩子們的犧牲上。」夫人挺直了背，「我還能保住地維吧。」

「……夫人，妳一個人是辦不到的。」麒麟笑了笑，一派輕鬆，「就算妳是古聖神也是如此。但我懂妳的做法……這倒不錯。這一次……我們不用聽別人的播弄了。」

失明的古聖神凝視麒麟很久，露出一個睽違已久的真正笑容。讓她這憂傷的雪白之地泛出無比的光亮。

「正是如此。」

變異是非常緩慢的，最少一開始是這樣。

平常人沒有什麼感覺，只有科學家憂心忡忡。因為不明緣故，讓兩極冰帽融化的速度加快很多，像是把幾百年的進度濃縮到一兩年，一吋吋的吃掉陸地。

原本緩和下來的沙漠化，也在沒有原因的乾旱中，突然變得嚴重。莫名其妙的疫病流行，讓紅十字會和夏夜疲於奔命，家畜大批大批的死去。

吸血族隱瞞不發，但他們實驗室內的「無」產生更多變異，甚至頑強難以控制。為此發生了幾次「意外」，只是被壓下來。雖然沒有因此停止實驗，但他們將實驗室遷到寒冷的西藏高原，因為在這種氣壓溫度下「無」比較穩定。

都是一些非常微小的變異、災害。但這些微小的變異和災害累積起來，一點一滴的侵蝕……

再加上那個夏夜的群體恐慌。人間染上一層陰影，有種緩緩沉沒的末世感。

明峰的心情也越來越沉重。雖然麒麟什麼都不說，但他還是知道天帝駕崩了。天帝和天柱有微妙的關係存在，身為彌賽亞的他本能的知道。雖然他也知道真正天柱化身的皇儲不但活著，而且成了新的天帝。

但他還是感到虛無、悲傷。連地維流動的力流都充滿了焦躁和不安。

或許那一天，不太遠了。

他沒告訴過任何人，但早已打定主意。身為稀有的彌賽亞，或許是種幸運，起碼對他而言。這人世有太多愛他和他愛的人，若是末日來臨，他卻只能束手無策，那才是真正的不幸。

跟彌賽亞雙華一樣上天為帝，他辦不到。他對權勢和力量太無謂，也絕對沒有領袖天分，讓他這樣意慈心軟的人去當什麼天帝魔王，絕對是災難中的災難。但和前幾代彌賽亞一樣，投身地維，那就一點問題也沒有。

這幾年，他隨身帶著一本小說東奔西走。那是《地海傳說》中的一部，提到一個老法師將自己投身於大地，阻止地震的經過。

這說不定就是我的寫照。明峰默默的想。說不定。

成為大地的肉中之肉，骨中之骨。

但他不悲傷，真的。他依舊在這個世界，這個有著麒麟、蕙娘、英俊，他心愛的親人朋友和陌生人的世界。

龍女大概會大怒，倒豎起她詭麗的瞳孔罵他負心；音無大概會哭……最後一次見到他時，風姿猶存的他，已經有孫子了。

想到很多人很多人的臉孔，那些奇妙又可愛的邂逅。想到羅紗那半毀的微笑，和林殃美麗的歌聲。

我不後悔的，真的。他望著遠方的雲。我很高興我是彌賽亞，我可以伸出手，擁抱並且保護這個世界。

絕對不會後悔。

在一個涼爽微寒的初秋夜晚，陷入冥想的他，意外看到一個絕對想不到的訪客。

默默站在陰影中，一頭鐵灰色的長髮，映著無瑕的豔容，顯得特別怵目驚心。那是種被極度痛苦悲傷侵襲後才會有的鐵灰色，是種接近死亡的衰老才會有的髮色。

她在笑，但她的笑容只滿溢著愁苦和堅忍。她曾經美麗得那樣活生生，是此生他見過最美的女人，連麒麟都得讓她三分。

她現在更美了，因為籠罩著死亡的陰影，將凋前最豔麗的芬芳。

「……鬼武羅？」明峰霍然站起。

「明峰君，久違了。」她的聲音縹緲悠遠，帶著深重的鬼氣。

「妳……」他幾乎說不出話來。

「我死了。這是我的精魄……很快就會消散。請原諒我用這樣不堪的模樣來見你，明峰君。」

他的眼淚立刻奪眶而出。

「不要為我悲傷，明峰君。」她縹緲的聲音帶著一種灰燼般的平靜，「天帝駕崩，我也知道自己活不了了。死不足惜，我只遺憾沒見到天帝最後一面……不過，我終究了解他的心意，夠了。」

她在天帝殆死時，跪在崑崙天門外聲嘶力竭，苦苦哀求能夠見帝君一面。她極盡悲痛的聲音若有似無的隨著早霜侵入天宮，昏迷已久的天帝竟因此流下血淚。

王母說她擾亂宮廷，令仙官將她捆在珠樹上，鞭三百，反省三晝夜。她差點被打死，卻強撐著一口氣，希望王母可以開恩，讓她見天帝一面。

最後，服侍天帝的侍兒冒死送了一方羅帕給她，是天帝留給她最後的遺言。

「負你千行淚。」

那方羅帕是她親手繡的。天帝迴光返照的時候，沾著自己的血淚，筆觸軟弱的寫了這幾個字。

她知道出處。天帝很喜歡人間的詩詞，這是宋朝柳永的〈憶帝京〉當中的一段：

「繫我一生心，負你千行淚。」

天帝待她守禮到簡直狷介的地步。她早就死了心，覺得不過是天帝慣有的仁慈，自己根本算不得什麼。

他說，「負你千行淚」。他在臨死前還惦著我。

夠了，這樣就夠了。她很滿足，非常非常滿足。

第三天，仙官來解她下珠樹，發現她已然氣絕，掌心還緊緊攢著血字羅帕，默然許久，悄悄的將她和羅帕一起葬了，才回報王母。

明峰聽完，更泣不成聲，鬼武羅透明的手輕輕撫著他的頭。「明峰君，我前來並非引你哀痛。求仁得仁，求情得情，我沒有任何不滿。只是徹底封天之後，我被拘禁在崑崙，一步也走不得，連音訊都沒得傳。

當初我被抓到崇家蒙你搭救，彼時我盡力將一些生還者傳送到青要之山，沒想到居然無法送他們離開，始料非及。現在我只是讓你知道，我將他們送出山，回到人間了。」

她光潔的面容帶著溫潤的憂愁，「這是你平生第一起殺孽，也是你心底一個解不開的結。你殺的人比你想像的少很多……我只是想告訴你這個。」

這一生，困於過度姣好的容貌，累及一生。是這人類的孩子說，「美麗不該只是一聲嘆息」，解救了她的心困。

她也希望可以回報，希望可以解開他心底的結。

「……崇家，沒讓我滅了麼？」明峰終於能夠開口，哽咽的模糊難辨。

鬼武羅輕輕搖了搖頭。她憐愛的摸摸明峰的頭髮，翹首望天。「能遇到帝君，又遇到你，我覺得我這一生，真的也不壞。」她偏頭，微微笑著，「不知道我解魄之後，能不能遇到帝君？這次我一定要緊緊攢住他的衣袖，不會害羞了。我要一直彈琴，給他聽。」

在明峰眼前，她消散了。

明峰大哭了一夜，完全沒辦法克制。

同年冬天，都城下起雪來。

這個位於亞熱帶的都市，居然下起大雪，整個島北都陷入雪深不盡的隆冬。這異常的氣候席捲了整個人間，隔年的夏天，溫度高到許多樹木枯萎，不時有人因為高溫送醫院或致死。

異常高溫的夏天導致了全球性的歉收，異變不斷的擴大。

麒麟已經放下對吸血族的騷擾行動。事實上，吸血族的實驗中心也大半關閉。「無」已經危險到猖獗的地步，除了在空氣稀薄、低溫的環境下還能進行實驗，不然常常讓整個實驗中心的員工全體殉職，必須忍痛摧毀昂貴的實驗中心。

在這種異變頻傳的此刻，他們也無暇顧及跟麒麟的舊怨。更讓他們心力交瘁的是，過去獻祭人工彌賽亞，像是在地維注入強心針，能夠保大部分的地維很長一段時間的平安。

但自從那個群體恐慌的夏天，強心針的效力越來越弱，最後完全失效了。

他們不知道是因為喪失了一半的天柱，力流極度混亂，「無」因此猖獗。束手無策中，他們和紅十字會與各國政府關係越來越緊張，越來越惡劣。

在這種時刻，伸出援手的，居然是宿敵麒麟。

「這是天柱傾頹的結果，和那票吸血鬼沒關係。」麒麟輕描淡寫的開了次會議，無視她被追緝的身分，「要呢，就選派一些學生跟我學學怎麼修補地維，想辦法維繫，不然就這麼不死不活的拖下去，看起來應該還有段時間可以拖。如果你們還要開會決定就免了，當我沒說。」

如果帝嚳不要耍白痴自爆的話，大概可以拖個幾百年。她和明峰辛苦點，幾百年的光景大概也可以修個規模出來。

不過不太樂觀就是了。她一直很介意夫人說的話，但夫人不願多加說明。

夏夜首先派人去跟從麒麟，後來是紅十字會、各國政府，連吸血族也加入了。之後是一群半妖自動請纓。

這是新紅十字會最初的雛形。也是因為這群人的努力，鞏固了地維幾個大的點，控制住災變的規模，也在未來的風暴中，成為堅強的支柱。

直到麒麟了解了夫人的意思。

那一天，原本非常晴朗。

麒麟和明峰正在看地維圖，決定要先修繕哪些大的支幹。受了莫名的吸引，明峰猛然抬頭。

一種尖銳的冰冷戳劉進他的心臟，讓他毛髮幾乎全體豎立。時刻即將來臨。他聽到響亮而頹倒的聲音，那樣的震耳欲聾。

「明峰？」麒麟卻沒有感應，奇怪的望著他。

「我突然想起有些事情要去辦。」他迅速的站起來，望著他少女似的師傅。這個時候，他才知道他多依賴麒麟，多需要麒麟。「師傅，再見。」

「什麼事情啊？你午餐還沒煮欸。」麒麟抱怨了。「什麼時候回來？」

「應該……很快。」他倔強的將頭一扭，「我這麼大了，總會有我的私事吧？」他轉頭開門出去。

麒麟和蕙娘面面相覷。

「這個年紀才開始叛逆期，會不會太晚？」麒麟搔搔頭。

但明峰一直沒有回來。直到地鳴開始，麒麟才覺悟到她的小徒已經超越她，提前感應到末日。

八、始殁

整個人間，滾著沸騰般的地鳴。

像是有什麼在地表底下滾動著，即將破土而出。漸漸的，地鳴成了輕微地震，竟日不絕。

起初，只有稍有靈感的人看得到，最後隨著力流紊亂到連知識和理性都無法屏障，所有的人類和眾生都看得到，東方天空那個醜陋、恐怖的黑洞，並且一點一滴的擴大。

舒祈坐在向東的窗戶，凝視著天空巨大的傷口，她托著腮，一言不發。

然後推開手邊的工作，她知道，她的雇主應該不需要這些了。埋首敲著鍵盤，然後印出來。

得慕默默的坐在她身邊。今年已經六十幾歲的舒祈，還保有三、四十歲的相貌和體質。她一直深居簡出，跟外人完全不打交道，默默的生活著。

得慕知道她在等些什麼，但她又不說。但即使如此，得慕也隱隱感到不祥。

「得慕，」舒祈轉頭，「天界大約不行了……但魔界可以撐一陣子。妳願去嗎？妳問問居民，看他們要去魔界還是要去燦月那邊，我會設法保住燦月的世界……總之，已經到了撐不下去的地步了……」

這些她都不想管，「舒祈，妳呢？妳去哪裡？」

「……魔性天女召喚我。」舒祈支頤，「她需要我的協助，不然這個小島會陸沉。」

跟她相處這麼久，得慕說不定比她還博學。畢竟她天天接觸居民，有些古老到無法記憶。

這個小島是列姑射的舊址，天柱曾經在此聳立。即使列姑射龜裂陸沉，這個小島還孤零零的存在著。即使什麼都沒有剩下，還是眾生潛意識中的原鄉，天柱的光輝曾經籠罩。

所以，這是地維最重大的結。這裡曾是天柱和地維交會的中心，是個類似心臟的重要部位。

這個「結」不能有無，也應該不會產生無。但上邪屢次深入根柢清除，越來越精疲力盡。

「……妳要把自己埋在根柢嗎？」很古老也很殘忍的方法，但最有效。一個有著強大力量的祭品。

「別難過啊，得慕。我早就活得太夠了。」望著窗外雜亂的電線和灰濛濛的天空。「我早就知道會這樣……魔性天女問我去不去，我說，去。這整個島就是我的墳墓啊……」

這個結局，很不賴。比死在病床上有意思多了。

其實，她並不覺得有什麼可後悔的。人都一定會死的。但她最少可以選擇自己的死法……這個結局很不錯，真的。當魔性天女還給她選擇的時候，她覺得沒什麼好選擇的。

最多最多，她只能保住燦月的世界。將燦月的主機和她一起沉入島的根柢……反正這個伺服器早就無須電力，可以自行運轉了。

若是她的自沉白費，人間依舊全毀或半毀，她相信這個熬過多次毀滅的殘留島嶼依舊會在，最少她還保住另一個世界。說不定有能力的人魂還可以找到通道，在燦月的世界復甦，擁有嶄新的人生。

不管怎麼樣，她都寄望可以留下一絲希望。

她從印表機拿出尚有餘溫的紙張，輕輕的念著：

「不要站在我的墓前為我哭泣。我不在那裡，我不曾睡去。

我是萬千呼嘯的風，飛過細雲如絲的基隆海邊。

我是柔和細膩的雨，灑落竹子湖的海芋田。

我是清幽安靜的晨，彌漫在銀岸蜿蜒的淡金公路。

我是威武雄壯的鼓，奔騰無垠無界的嘉南平原。

我是溫暖閃耀的星，照耀列姑射的靜謐長眠。

我是歌唱的鳥，我存在於一切的美好。

不要站在我的墓前為我哭泣。我不在那裡，我從未離去。」

得慕以為，人魂不會流淚。但她卻潸然而泣下。

「這不是我的創意。原本是首英詩，名為〈千風〉，作者不詳，有很多改寫的版本。倒是被我改得七零八落……不過，拿來當自己的訃文，還滿不錯的。」

亡靈的淚冰冷，得慕幾乎被自己凍傷。許多往事在眼前掠過，她和舒祈相依，堅拒轉生，究竟是為了什麼？

總有個人，有那麼一個人是非常重要的。光凝視她的背影就充滿崇慕。在這骯髒灰暗的世界，所謂的永恆不過是永恆的變動。當妳發現那個人，那個堅定不移，永不改其志的人，就像是在無盡黑暗中看到唯一的持燈者。妳能夠相信、絕對的相信，知道可以跟在她背後，將自己的忠誠獻給她，成就她所要成就的無私。

她一直覺得自己是幸運的。即使成為亡靈，依舊非常幸運。多少人終其一生沒有自己的夢想，也找不到可跟隨的夢想。而她，跟隨了一個值得驕傲，無欲無私的人。

為什麼我要哭？我不用哭的。多少人飄飄蕩蕩，抱著虛空的遺憾由生而死，一生都是慘白。而我，因為跟隨了舒祈，充滿光亮與色彩。

我將跟隨那位持燈者走入荒野，即使是毀滅亦不回頭。

「也是我的訃文。」得慕停住了淚。「嘿，妳別想甩掉我。」

最後，這首詩成了舒祈檔案夾裡全體居民的訃文。沒有人離開，連雷獸和蛇皇都拒絕任何安排。

他們和得慕抱持著相似的想法。他們都愛慕那個淡漠的持燈者。是她舉起燈，照亮他們原本黯淡無光的鬼路。

不是為了權勢、金錢、榮譽……這類雜質。而只是淡淡的，有些困擾的……不忍心。

為了這點純粹的良善，他們願意，非常願意跟隨著唯一的燈光，走進漆黑的根柢永眠。

在地震從輕微到中度，又從中度到強烈，開始有大樓倒塌，整個島嶼動盪得宛如危船……屋裡的東西東倒西歪，書本一本本的掉下來。舒祈聽到無數人的慘呼，哭泣，驚恐的尖叫。

抱歉。她無聲的說。現在還不行……魔性天女需要漫長的唱咒才能成形，真正的主角是她，不是我。不是都城自滅魂魄足以鎮壓陸沉，她也只會是個徒勞無功的祭品。

她、和她的居民們，是心甘情願的祭品。

終於，魔性天女漫長的唱咒完成，她將自己和大地的臍帶血淋淋的割斷。她這都城的精魄，第一次在人類面前顯現。漂浮在半空中，如此巨大、神聖，卻又充滿肉欲與放蕩。

白紗染黃，美麗又醜陋的魔性天女，聖潔卻放浪的開始歌唱。

像是舒祈的心意傳達到她心裡，也說不定，她和舒祈一體同心。她高亢激昂的吟唱著她們的訃文，鎮住沸騰的地震。

在魔性天女宛如華彩女高音的燦爛歌聲中，舒祈抱著燦月世界的主機，和她的大軍們一起往島的根柢沉沒。像是沉入土黃色的深海中，他們也在歌唱。

和著魔性天女的歌，他們唱。

「不要站在我的墓前為我哭泣。我不在那裡，我從未離去。」

人類和眾生一起仰望，同時了解了魔性天女的意志和犧牲。所有的生物都在悲泣，直到魔性天女消失，舒祈和她的居民們因沉沒而沉默。

這歌卻沒有停止。所有的生靈重複著這首鎮魂曲，在這島嶼迴響了一整個月。

這是前奏。從魔性天女和舒祈開始，這世界最偉大的樂章，彈下了第一個音。

*　*　*

二十餘年前，麒麟帶著他第一次踏上這裡，在這冰天雪地中，用笑死人的《小紅帽恰恰》的台詞定了地維。

這裡是北極的頂端，寒冷、遼闊、空曠。歲月在這裡沒有任何意義，二十餘年的光陰沒有留下一絲一毫的痕跡。

他們彌賽亞，純血的人類繼世者，讓惡意而瘋狂的創世者設定條件而出生，同時將一些奇特的記憶和知識寫在血緣中。只要被未來之書啟發，就會回想起來。

所以，時間一到，他這被啟發過的彌賽亞就本能的知道該去哪裡，該做什麼。跟過去幾任的彌賽亞沒什麼兩樣。

或許，創世者根本就不相信人類。所以他用殘酷的考題考驗彌賽亞。

用自己的人生或生命，保障人世的安危，你可願意？

前幾任的彌賽亞大部分都將自己投入地維，只有雙華上天為帝，聽說另有一個逸脫的彌賽亞拒絕投身地維，但他遠赴魔界，創建了冥界，致力於三界和平，雖然也需要許多妥協和政治手腕。

他站在霜雪中，脫掉鞋子，好感受玄冰之下的大地。

沒有一任彌賽亞逃走，沒有。沒有人知道他們的事蹟，當然不會有人傳誦。我們……為了一無所知的人類和眾生獻身，但坦白說，我們也不後悔。

在無數彌賽亞長眠的極寒之地，他感受到歷任彌賽亞的深刻感情。直到這個時候，他才意識到麒麟做了怎樣驚人的事情。

她抹殺了未來之書。彌賽亞們不會再被啟發，他們也不會意識到自己就是彌賽亞。末日不再是既定的結局，未來將是未知的未來。

他將自己沉入地維安撫大地，將可以抱著希望與滿足，而不再跟過往的彌賽亞一樣痛苦，知道自己的犧牲只是暫緩一個命定。

我將是最後一任犧牲的彌賽亞。從我之後，或許世界殘破，但有希望。有希望從殘破中復原。盛極轉衰，但衰竭到極底，也可能漸漸復甦。

希望和自由，是他那不像樣的師傅給予的。他將永遠因此感激她，為此敬愛她。

當咒文陣發著淡淡冰藍光芒泛起時，他流淚了。卻不是因為害怕、不想死。

而是……他來不及跟麒麟好好說再見。這世界對他來說，最重要的人。一直在他之前引領他的腳步，輕鬆微笑的麒麟。

「我想跟妳好好說再見的，麒麟。」他低喃，卻被咒陣發動的狂風刮走了他的話語。

寒風消失，咒文陣的光芒黯淡、褪去。

「你找我？」麒麟仰首灌著小扁酒瓶的威士忌。「呼，冷死人了。」

明峰瞪大眼睛。「妳……?!」

「嘖嘖，徒兒。」麒麟搖著纖白的食指，「這也是一種咒。說再見，通常都會再見面，而不是不再見面。聽不懂？你不懂的都是咒啦。」

「……妳第一次見面就用《陰陽師》唬爛我，唬了三十多年，妳現在還這樣唬我!!」明峰暴跳了。

麒麟嘿嘿的笑，帶種可愛的邪氣。「你這個笨學生，畢不了業就想自殺，為師可要好好的給你心理輔導……」

我跟她跳什麼跳？扯什麼扯？我是來結地維的，可不是跟她耍嘴皮子的！

明峰火速結起手印，試圖重起咒文陣，卻被她打碎了咒文陣的一角。他氣得發征，

「……滾開！」

「這是你對師傅的態度？」麒麟嘖嘖，「打得贏我再去談自殺吧……笨學生。」

「笨學生還不是笨師傅教出來的！」明峰火大了，將喚微化為光劍，「別阻止我！」

「我是有教無類，你不懂啦。」麒麟抽出鐵棒，很流氓的挑釁，「嘖嘖嘖，對師傅動刀動槍哩，你這孽徒！」

「妳這不像樣的師傅！」

「你這膝蓋都比大腦聰明的笨學生！」

他們一面拚命鬥嘴，一面使出渾身解數的搏命。明峰的心越來越急。他不知道天界出了什麼狀況，但他可以敏銳的感覺到，一種急劇的傾覆正在發生。若天界因此毀滅，除了他投身地維穩住狂暴的力流，沒有其他方法。

但他的笨蛋師傅卻在這種危急的時刻來搗蛋！

「麒麟不要鬧了！」他急得快要著火，「不要逼我！除了這條路沒有其他方法……」

「胡說。」麒麟嘴裡反駁，手下的攻勢越發凌厲，「女媧和我都定過地維，現在的地維就是我定的基礎！為什麼你非去死不可？」

因為妳定的地維連三十年都維持不到！而這是妳的極限了。若是我……起碼可以穩定個幾千年……

我命定就是地維的中心，或是天柱的化身。

像是看破他的想法，麒麟冷冷一笑，「我可不這麼認為。徒兒不要傻了，你活著比死掉有用多了……沒有你，誰買酒給我喝、做飯給我吃呢？」

明峰除了如焚的憂心外，湧起一股強烈的、欲泣的傷痛和滿足。討厭的麒麟……討厭的、討厭的麒麟。

身處怎樣的災厄困頓，依舊輕鬆自在的麒麟，就算是這種時刻。她需要我就像我需要她一樣。

但就因為她太重要，所以他才要去做，而且非做不可。這人間有太多他在意的人，特別是這個死爛酒鬼。

「問問自己，你們是誰！」他在完整無傷的狀態下，喚出了狂信者式神。

他能夠的，他知道。因為他的心已經不斷的在滴血，開著巨大的傷口，痛苦幾乎無法壓抑。

「不錯呢！」麒麟閉上一隻眼睛，將食指放在唇間，「明峰，你離畢業只有一步了。」

明峰不發一語，命令狂信者攻向麒麟，他趁隙修補被破壞的咒文陣。

因為他太專注，所以沒有看到麒麟將四十九個狂信者式神定在地上，身上環繞著黃金凝聚的鎖鏈。

「最近出的『魔獸世界』復刻版真的不錯，不少可以參考的招式呢。」麒麟自言自語，她瞇細眼睛，「卻除你們不潔的思想！」

從天而降的雪白燦光擊向四十九個狂信者式神，讓他們發出淒慘的呼號。

曾經是讓眾生畏懼戰慄的狂信者死靈，在虛無慈獸的眼前，居然毫無反抗能力。

「你們啊，早就該超生了。跟隨明峰這麼久，也該淨化了吧……」麒麟滿臉悲憫。「死亡降臨。你們的善惡觀念清楚了嗎？」

狂信者在光燦的淨火中，看著將他們收服的初主。像是一個奇異的心結解除，齊齊舒出一口鬱結幾千年的氣。

死亡終於降臨。四十九個狂信者式神消逝。

瞥了一眼已經沉沒一半的明峰，麒麟走過去，強行將他拖出來，一拳將他打倒在地。

「我呢，一向都信奉愛的教育。」她揪著明峰的胸口，惡意的一笑，「但不聽話的學生，需要鐵的紀律。」無情的拳頭像是雨點一樣落在明峰身上。

因為符文陣和狂信者召喚的雙重消耗，明峰無力面對凶暴化的麒麟，他大叫，「英俊快來，阻止麒麟妨礙我！」

獰惡的九頭鳥由天而降。她含淚的望了眼即將拋下她就死的主人，依舊懷著忠誠和怒氣撲向麒麟。

「蕙娘，」麒麟淡淡的開口，「把英俊勸到旁邊去。我跟他的主人還有話要說……」她巴了一下明峰的腦袋，「你白痴？你有式神，我沒有？」

在這種危急存亡的時刻，明峰卻有種啼笑皆非的感覺。

明峰還想掙扎一下，可麒麟不但把他打得爬不起來，甚至將他四肢的關節都弄脫臼了。

他像個破布娃娃一樣躺在雪地上，驚駭莫名，雖然並不痛。

「……喂！妳是不是真的想殺我啊?!」他怒吼起來。

「唉，我很了解你啦，不這樣怎麼行？我已經盡量控制力道了……」她抓住正在跟蕙娘打得難分難捨的英俊，往後一拋……噹的一聲，那隻獰惡的姑獲鳥被凍成一大塊冰塊。

「………」明峰已經氣到乾噎了。

「徒兒，你不會死的啦。」麒麟拍拍他的臉頰，「等英俊解凍，就會救你了。」

「……多久可以解凍？」

「兩個月吧，大概。」

……妳是說，要我躺在雪地上兩個月等英俊救？正常人有辦法躺兩個月的北極不死嗎?!

「可以啦，你可以的。」麒麟笑得燦爛，「你可是我教過身體最聰明的學生啊。」

……我當你的學生真是倒楣到地心去了！

「你啊，個性要改改。」麒麟拍拍他的頭，「你想過什麼是『力流』？」

明峰生氣的轉過頭，一言不發，當作無言的抗議。

麒麟自顧自的說下去，「眾生和人類都擁有『力』。妖有妖力，神有神力，人類呢，擁有魂魄的力量。這跟磁力有點像，勉強可以解釋，雖然沒有那麼單純。這些微小的力匯集，就是力流。這世界和所有生靈息息相關，只靠一個生靈去主宰彌補是不對的。什麼都扛在肩膀上，不是一種正確的態度啊。」

「徒兒，你要先學會『捨』。什麼時候該放下，什麼時候不該放下，這是你終生最大的課題。」

麒麟撥開吹到臉孔上的頭髮，「我啊，服從生物的本能，寶愛自己的眷族，致力於種族延續。但我也同樣的尊重其他種族……因為廣義上來說，所有的生靈，都是我們的眷族。」

她抓著明峰的下巴，強迫明峰看著她，輕鬆而自在的純潔笑容。「徒兒，你想不通這些，我就不會放你畢業，懂不懂啊，笨蛋。」

明峰想回嘴，卻覺得天靈蓋一痛。麒麟不知道將什麼刺在上面，讓他昏睡過去。他的呼吸變得非常非常的緩慢，連心臟都很久很久才跳一次。

他陷入了龜息中。

「再見啦，徒兒。」她拍拍明峰的臉頰。「其實我騙你。說再見，卻不一定會再見面。不過你應該被我騙得很習慣吧？……」

麒麟凝視著天空的極光，許久不曾開口。就在這時候，她聽到了非常遙遠縹緲的歌聲，魔性天女獻出精魄，舒祈和她的居民獻出生命，唱出龐大安魂曲的第一個音。

這個音接著下個音，所有擁有精魄的城市應和著，定住動盪而即將斷裂的地維。同樣的，管理者和眾生一起應歌聲將自己埋進根柢。

在這漫長的前奏，她看到龍女含笑而詭麗的倒豎瞳孔。她終於孵化了。但她孵化的第一件事情是將自己埋進又愛又恨的城市之下。

當前奏終了，光燦的雪白籠罩劇烈地震、海嘯不斷的人間。純白的極光之下，眼睛蒙著白布的悲傷夫人從她的王座起身，漂蕩在空中，所有的人類和眾生都看見了她，不管從什麼方向都可以看到她尊貴憂傷的面容。

在這力流紊亂狂暴，海嘯地震，颶風肆虐的人間，為了她的孩子們，她終於起身，開口歌唱。

所有的力，其實就是一種韻律，一種音樂。擁有著相同的規則和魔法。

「……夫人還欠一個指揮。」麒麟笑笑，往著自己耳朵塞耳機，「蕙娘，我欠個人幫我翻譜，妳要來嗎？」

「妳去哪裡，我就去哪裡。」蕙娘安穩的回答，「但妳需要我翻哪個樂譜？」

「貝多芬《第七號交響曲》。」麒麟嘿嘿的笑，「以前看《交響情人夢》我就想試試看了，一定很酷。」

「……就算這種時刻，妳也非惡搞一下不可？」

「一定要的啊，廢話。」她舞空而起，「妳不懂的都是咒啦！」

最好是這樣。

但蕙娘卻湧起一絲淡淡的，沒有悲傷的笑容。

她化身為蒼青色的人形慈獸，用跨越「有」和「無」，「生」與「死」，「人類」和「眾生」的身分，擔任這個龐大安魂曲的總指揮。

選擇的曲目是貝多芬的《第七號交響曲》，卻不是因為貝多芬是偉大的作曲家，或者是因為古典音樂比較高貴，而是單純的，她看過《交響情人夢》而已。

一直到最後，她依舊保持那樣輕鬆、喜悅，樂觀又惡搞的天性。

*　　*　　*

來，讓我們享受這最龐大，最美好，最純淨的音樂時光吧。所有的生命，都是一個音符、樂章。我們與其他生靈交會、迴響，善良或邪惡，光明或陰暗，交錯複雜，都是這個塵世的一部分。

無論清濁，讓我們愉快或苦痛的飲下。為了一個渾沌但自由的未來，為了一個可能毀滅或重生的世界。

來，讓我們一起唱吧！

千禽萬獸，無數生靈，一起仰望著高亢喜悅的樂音。無數死去或活著的生靈，不分人類眾生，一起高唱著，歌頌著，自願將自己沉入地下，安撫痛楚的大地，成為新地維的一部分。

來，一起唱吧！

為了這個髒兮兮卻光明燦爛的世界，為了深愛和痛恨的人。為了我們活得這樣精采，死得這樣漂亮而大喊一聲「Bravo」！

來，一起唱吧！

在最絕望的時候依舊要微笑，無數道路蜿蜒在腳下，一定會有辦法的。我們不正在執行我們的辦法嗎？成為這個世界的肉中之肉，骨中之骨。為了我們愛的人、恨的人，為了我們同血緣或不同血緣的孩子們……

一個自由的未來。

讓我們一起唱吧！用我們的生命一起高唱吧！即使痛苦、悲泣、巨災降臨的此時此刻，讓我們高歌吧！

讓我們成為樂章的一部分，讓我們可以驕傲的挺直胸膛，一起唱吧！

無數被感召的生靈匯成巨大的生命長河，蜿蜒的灌注在幾乎斷裂毀滅的地維中。這龐大的安魂曲進行了一個月。新的地維編織交錯，由許多複雜的種族所組成。有人類和人魂、滯留人間的神或魔、各種妖族，包括了大部分的吸血族。

這場被成為「大災變」的巨禍，讓人間損失了10％的土地，幾億的人口與眾生。甚至之後造成文明停滯，糧食匱乏、經濟混亂種種後遺症。由無數犧牲構成的地維脆弱，力流的局部暴動持續了很長一段時間。

甚至因為海嘯和地震造成一些高端實驗中心的崩潰，讓一些逃逸的病毒零肆虐，成為新的傳染病，嚴重威脅人間。

知識與理性再也無法成為屏障，表裡世界的界限正式宣告終結。人類被迫面對移民的存在，而種族衝突也沒有間斷過。

這段混亂、黑暗的時期，被稱為「災變後」或「歿世」。有歷史學家稱為「後黑暗時期」，和中古世紀的「黑暗時期」作為區分。

即使殘破，即使災害不斷。人間依舊頑強的存在下來，正面反抗了創世者給予的結局。

我相信，即使是這樣的結果，麒麟還是感到非常自傲。

明峰花了一個月就掙脫了龜息，他頑固的靠蠕動爬行，設法撞破英俊的冰塊，讓英俊幫他接骨。

甫獲得行動自由，他跟英俊趕赴阿爾卑斯山，卻只見到麒麟的小扁酒瓶。

師傅。

他將臉貼在小扁酒瓶上，哭得無法停止。他一直以為，《地海傳說》的故事就是他的結局。但是反過來，居然是麒麟的結局，他還是那個哭泣的學生。

「我想跟妳好好說再見的。」他的眼淚一滴滴落在雪中，「妳不是說，說再見就一定會再見面嗎？」

他痛苦的像是自己的心臟被剜出來，血淋淋的。

英俊怯怯的摸著他的頭，「主人，麒麟師傅沒有讓你畢業。」

這給了他非常微小的希望。

就是這微小到接近不存在的希望，讓他重新建立紅十字會，就是這微弱的希望，撐住他，讓他踏遍全世界，安撫受創極深的世界。

麒麟，妳一定很驕傲吧，當真用動漫畫幹了這番大事業。妳把我留下來，就是怕麻煩吧？結地維當然比一團亂麻似的重建簡單啊！妳就這麼一傢伙把這些麻煩扔給我，妳這禍頭子！

但是我啊……我會好好的、耐性的重建你們耗盡一切才存活下來的人間。我啊……一定會把妳挖出來。

不管妳變成什麼樣子。

妳還沒讓我畢業呢。

九、歿終

許多人都悲觀的說，「歿世來臨」，但明峰卻不這麼認為。

這可是古聖神犧牲自己當祭品，無數生靈讓自己成為地維的一部分，甚至麒麟生死不明才搶救下來的人間。

再怎麼殘破不堪，再怎麼陰沉混亂，只要還存在，就有希望。

而且，因為人間頑強的有了脆弱的新地維，所以魔界雖然封關自守，依舊還保持大部分的完整。而原本以為會崩潰的天界，也因為人間這種盲目勇氣的激勵，居然保住了。

禁不起任何的摧殘，神魔兩界都徹底摧毀了往人間的通道。

三界保持音訊，居然是透過無線網路，有些時候，明峰也會感到啼笑皆非。

狐影被卡在天界回不來，常常寄e-mail跟明峰抱怨。

「你有什麼可抱怨的？」明峰回信頂他，「小狐火在你身邊。」

狐影的回信很久才來，語氣支支吾吾的。他當然知道，狐影根本不贊成狐火修仙，但這大膽而堅決的女孩根本就不甩她的養父，經過非常崎嶇而艱困的過程，用人身直闖崑崙，通過試煉成仙升天了。

她的養父非常苦惱，覺得「父嫁」是不應該的，但小狐火人如其名，明峰覺得早晚狐影會屈服。

但明峰還挺開心的。雖然音訊這樣困難，但他認識的故人安然無恙，而且過著平淡而幸福的生活，他覺得安慰。

透過狐影的信，他知道東方天界有了新的天帝和王母，很巧的是，這兩個都不是天人。

雖然身分崇高，但比人間殘破的東方天界似乎更棘手。他想，也不怎麼值得羨慕吧？

「天柱還在嗎？」他寫信去問。

狐影的回信很模糊，「不知道算不算在……但現在各方天界都不靠天柱安定了，所以我現在工作量大得驚人。你說說看，你說說看啊！像這種該死的工作量，居然只給我親友價！我當初罩他們要死喔……我現在也算皇親國戚——累死人不償命的皇親國戚！真是靠北邊走……」

明峰摸不著頭緒，但看起來三界猶存，還有重建的希望。

建立新紅十字會的秩序，大師傅幫了他不少忙。結地維的時候，他抽籤輸了，所以留在人間，他的學長和林殃都去了。

他對這點很不滿。

「重建比較累欸！」他滿腹牢騷，「活這麼久了，就不能讓我休息休息？學長一定作弊啦，他天生怕麻煩，當初還不是把夏夜扔給我……」

明峰只能苦笑。

麒麟也作弊，唉。陷身在千絲萬縷，百廢待興的紅十字會，他一直很急。他想趕緊啟程，去找尋失蹤的麒麟。他拒絕相信麒麟死了，也不相信她把自己扔進地維。

人死見屍，若在地維中，他就算是拖也把她拖出來。誰准她跑的？讓他畢業之前，想都別想。

所以，當紅十字會一上軌道，他就指定了會長，開始巡邏地維。

地維的眾生都是非生非死的狀態。這讓人鼻酸，他們得撐在這裡長眠，直到自然消逝。他們漂浮在夢境中，一日日，一年年。

但他們會歡迎明峰的到訪，訴說故事。在這種訴說與傾聽的過程中，明峰會彈琴，安撫脆弱的地維，平息混亂的力流。

在無數故事中，他沒有聽到麒麟的結局。既然如此，他就要一直找下去。

他甚至去拜訪了擁有史家筆天賦的發瘋作家，姚夜書不也說，他讀不到麒麟的結局嗎？

會再見到她吧？那個嗜酒如命的永恆少女，總是懶洋洋，泰山崩於前不改其色，只有缺乏食物才會讓她大怒。

會再見到她輕鬆自在的笑容吧？

一定會的。

他的歲月，無窮無盡。或許孤寂的長生也有他的道理存在，就是為了這個希望，這個執著而虔誠的希望。

「走吧，英俊。」他呼喚自己的式神，獰惡凶猛的姑獲鳥，卻擁有清澈無辜的眼神，「我先看看下一站要去哪……」

「呃，主人，我可不可以請假？」他的「小鳥兒」害羞的雙翅互碰。

「請假？」這倒是很希罕。

「嗯，臣雪的外孫女出生了。我這當媽的該去道賀呀……」英俊用翅膀扶著臉，「我有……呃，這輩分怎麼算？這是曾外孫？還是曾外外孫？主人，你說呢？」

英俊當曾祖母了?!「曾……外孫吧。」他有點呆滯。

「那明天我可以請假嗎？」她懇求。

「當然可以。」他愣愣的回答。

等英俊開開心心的飛走，他又將她喚回來。

「主人？」她滿眼疑惑。

這個……臣雪算是他們宋家的女兒。她的外孫……等等，這個親屬表開始混亂了。

「……我跟妳一起去吧！」

生命的長河無盡蜿蜒。當他看到那個可愛的嬰兒，粉嫩的小手和小腳，他的眼淚幾乎奪眶而出。

因為我們付出，所以我們獲得。

這個時候，他一點也不後悔，一點點也不會。

（禁咒師 全文完）

番外　一切的起源

一個光輝燦爛的文明消逝了。

理性所能及的科學，精神所能及的神祕，都達到頂端的文明，終究還是逃不過戰爭和老化，完全的消逝了。

一對旅人離開了斷垣殘壁的一切，是僅存的生存者。

他們在廣大的虛空中流浪，希望可以避免以往的錯誤，建立新的世界。

這對旅人，為了區分，我們姑且稱男性為「理性」，女性為「精神」。

事實上，沒有人知道他們的名字。說不定他們彼此在廣大的時空中也已經遺忘。

甚至這個故事，說不定也不存在。

*　　*　　*

他們尋找黑暗虛空中能夠產生生命的光亮，並且加以觸發。

雖然不是有心如此，他們還是下意識的創造接近舊文明的一切生物或非生物。但一直不太滿意。

直到他們來到這裡，攪拌虛空的寶藍光亮，觸發了一個新的世界。

他們很喜歡這裡，因為和他們水藍的家鄉很相似。長久的流浪讓他們更思念失去的家鄉，他們決心不再犯相同的錯誤，不再因為「理性」和「精神」孰重爭執。

共同觸發了深寶藍的無盡汪洋，從汪洋最深的地方舉起陸地。滴下最初的種子，生命由此開始，並且立起天柱。

「理性」創造七聖神，建立秩序。「精神」創造諸神，開始謳歌。他們共同創造了人類，訂定他們為人間之初民，給予他們「理性」和「精神」，為了平衡，諸神成為管理者，禁止人類犯下舊文明的錯誤。

一開始，非常和諧。照著自己外表塑造的人類，混合奇想和懷念的獸形羽態諸神，互相婚配，相互往來，的確如他們理想般，重建理性與精神共重的新世界。

但是，有一天，「理性」瞥見人類與諸神嬉戲、歡愛，卻產生了強烈的厭惡。神族管理世界，卻用野獸的姿態，與自己形象相彷彿的人類苟合，令他產生極度的羞恥。

他想像中的神明，不當如此。

「理性」修改了神族。給他們人類的外表和更多的神能，禁絕他們與人類通婚。這舉止讓「精神」錯愕。

「這只會讓這世界有了不平衡的開始。」精神說。

「秩序本身就是不公平的。」理性說，「完全的公平只是混亂的肇因。」

這是他們第一次的歧見。

相較於馴服的神族，人類同時擁有理性與精神，反而有了種種疑問。因為疑問而追求答案，他們開始發展科學和神祕，並且對創世者有了不應該的興趣，甚至試圖揭開創世者的神祕面紗。

強烈相信秩序的理性無法忍受，數次發動洪水消滅人類的質疑。

「你為什麼這麼做？」精神大為發怒，「這些都是我們的孩子！」

「他們只是實驗株，不是我的孩子。秩序必須維持。他們不可質疑不可反叛。」理性回答，「有毒的秧苗應該及早焚毀。」

「你只是害怕他們發現你如此平凡！」

理性與精神的爭執越演越烈。理性視眾生為實驗品，精神視眾生為子女。理性毀滅不夠馴服不夠完美的實驗品，精神盡全力保全不完美卻可愛的子女。

理性將世界分為二，天界與人間，並且將神族和人類分隔兩邊。他視神族為比較理想的實驗品，不斷改造，符合他心目中「神明」的模樣。另一方面，他嚴格控管生物當中帶有神能的諸般亞種，毫不留情的加以殺害毀滅，連人類也不例外。因為他理想中的世界，唯有「神族」方可擁有異能。

不忍的精神另外開闢了人間的姊妹世界，稱之為妖界。搶救那些擁有異能的生物，包含某些被理性所不喜的人類，遷居到妖界去。

理性與精神的爭執終於到了不能並存的地步，精神最後傷心棄世，另尋求新的觸發點。最後她成功了，但也是種失敗的成功。她被尊為大母神，卻被自己創造的神族束縛，只能緘默的看著她的世界運轉。

獨自留下的理性，在無盡的寂寞中，漸漸發狂。他帶著聖神，殘酷暴虐的繼續他的實驗。他不斷寫下互相矛盾的規則和契約，苛細繁複的毀滅或重創。他越來越瘋狂，越來越殘忍，寫下黑暗陰霾，宛如迷宮般的劇本，甚至強硬的給這世界最可怕的結局。

最後他拋下這個世界。拋下他所有的創造和毀滅，不知所蹤，只留下黑暗的劇本。

不能直接干預世界運作的聖神，因為創世者理性的瘋狂遠遁，紛紛進入休眠。而這個狂亂的世界循著黑暗的劇本，開始往毀滅的路上走去。

只是，即使創世者也非全知全能。狂亂漸漸找到新的秩序，即使是互相矛盾的規則和契約，即使是神族的高高在上和人類妖族的卑微，依舊有新的平衡。

哪怕是創世者寫下的黑暗劇本，也未必需要遵循。

於是，天柱折、絕地維的時刻，應該毀滅的世界沒有毀滅。反而神族的女兒違背劇本產下新的天柱。

當被產下的天柱死亡時，世界依舊沒有毀滅，因為眾生頑強的違抗劇本，包含聖神之一，讓這世界繼續運行。

這就是一切的開始和起源。但只寫在虛空中，並且無法證實。

番外　翡翠

翡翠知道自己病了，而且病得很厲害。

之前她還病得更厲害一點，躺在床上幾乎無法起床。但所謂危機就是轉機，股價跌到底就會止跌回升，當她痛苦到再也無法忍受的時候……

所有的痛苦都消失了。

她和滿臉是淚的上邪面面相覷。

「……上邪，我不痛了欸！」她覺得累，而且有點渾渾噩噩，「怎麼突然好了？」

上邪張了張嘴，又閉上。緊緊的將她抱住，只是哭。

奇怪，上邪不是流血不流淚的男子漢嗎？現在他不暴跳也不罵她，就光會哭。之前我病得很重嗎？

「我沒事了，一點都不痛呢。」

但上邪哭得更厲害。

後來？後來她也不知道發生什麼事情了。她發現，肉體的病痛雖然痊癒了，但她常常發呆，只是坐著看著陽光緩緩的在地板上爬動，日落月升。

她不知道她在想些什麼。只是坐在床上，呆呆的，連腦子都不運轉了。

「我不用寫稿嗎？」她問著自己。

對喔，她應該要寫稿的吧？編輯沒打電話來催，稿子還是要寫啊。她想開機，不知道是不是久病虛弱，她連電腦的電源都按不下去。

真的弱到這種地步？她有點慌張。難怪上邪看到她就哭。不行，這樣不行。讓上邪擔心比她自己生病還焦慮多了，她一股氣上湧，電腦嗡的一聲開啟了。

……我還沒按到電源鍵呢。幾時我有超能力了？

呆了一會兒，她又花了一些力氣才按到鍵盤，卻沒有按鍵盤的實感。

……上邪幾時換了這樣省力的好鍵盤？應該花不少錢吧？

不過很快的，她又陷入三重苦的狀態：有眼無視、有耳不聞、有嘴難言。開始當起她的海倫凱勒。故事是永遠寫不完的。在不斷打字的過程，她的呆滯漸漸褪去，腦子又開始運轉了。

果然，臥床太久會變笨。一生熱愛的寫作讓她撿回自己的清明，雖然上邪看到她在電腦前面寫作，表情像是吞了一打壞掉的生蠔。

「……妳在幹嘛？」

「寫功課啊！」她有點畏縮，不好好養身體還起來榨腦漿，「功課總是要寫的呀。」

翡翠以為他會開罵，他卻只是沉默的瞪著翡翠，然後……摸了摸翡翠的頭。

我病了也就算了，上邪也病了嗎？他這樣的大妖魔也會生病嗎？

「妳喜歡就好。」

他擺好碗筷，翡翠想坐上椅子，卻一跤跌在地上。奇怪，怎麼會這樣？這還不是最糟的，更糟糕的是，她拿不到碗筷。

「……上邪，我拿不起碗筷。」翡翠很愧疚。

「沒關係，我餵妳。」

他雙手合十，一調羹一調羹餵翡翠吃飯。

吃飯這還算是小問題，更讓她困擾的是時序。

吃過了飯，翡翠看著正在洗碗的上邪背影，轉頭看到時間已經快八點了。「今天不用拓荒嗎？」這時間應該是拓荒的時間吧？「不然要打英雄副本？」

上邪緊繃了一下。我說了什麼不該說的？翡翠有點慌。

「……翡翠，那都幾十年前的事情了。」他轉頭，悲感的表情令人鼻酸，「我早就不玩網路遊戲了。」

翡翠愕然的看看他，又低頭。是……嗎？

「我怎麼不記得了？」她訥訥的。

然後她發現，她完全記不住現在的時間。和上邪相處幾十年的光陰，她亂成一團。她完全忘記岑毓和徐董結婚了，忘記自己的小孫子。

當然，她也忘記她退休了，不用寫稿了。

她的時光似乎停留在岑毓搬來跟他們一起住，上邪還很狂熱的打電動那段美好。因為她老提到那時候的事情，沉默聽著的上邪，聽說魔獸出了單機的復刻版，特別去買回來跟翡翠一起玩。

翡翠有時候會狐疑的看著上邪。因為他徹底轉性了，脾氣好得不得了，超有耐性的。偶爾她按不到鍵盤、摸不到滑鼠因此失誤，上邪都不生氣。

「……上邪，你生病囉？」她小心翼翼的問。

「沒有好不好？」他輕描淡寫，「我若去上班，妳在家悶，可以玩玩。」

「我還有功課要寫，不能成天玩。」她有點憂傷。

上邪很有耐性的解釋，「妳早就退休了。」

但她一轉頭又會忘個精光。她自己也很困擾，因為時序太混亂，她常覺得時間為什麼是用跳的，她適應不良。

什麼都不穩定、變化非常快。只有上邪是安定她的錨。她比以前更依賴，有時候沒幹嘛也抱著他的後腰，妨礙上邪煮飯或做家事。

他沒有生過氣。總是將她拉來面前，緊緊的擁住她。

有時候，半夜她會朦朧的回神，看著上邪準備外出。「……你要去哪？」

上邪會悲傷的看著她，「……辦點事情。」

「你還會回來嗎？」她莫名的感到不安。

「當然！」只有這個時候他才會發怒，「我不回這兒還可以去哪兒?!妳問這什麼莫名其妙的問題?!只要妳還在，我哪裡也不要去不想去，不要再問這種爛問題！」

「……你幹嘛發那麼大的脾氣？」翡翠覺得很委屈，「我只是問一聲。」

但翡翠很難對他發怒。因為上邪的眼神總是包含太多悲傷和痛苦，吼過她這種痛苦會更深。

他常常非常疲憊的回來，有時候還帶傷。他到底去幹嘛了？

「島的根柢有種東西叫做『無』。我去清理那種寄生蟲，不然吃空了島根，整個島就垮了。」

翡翠似懂不懂的點點頭，沒有多說什麼。

她一直保持這種渾渾噩噩的狀態，認真說起來，倒沒什麼不好。她只要回神的時候看到上邪，或是可以安心等待上邪回家，她的一切需求就都被滿足了。

不用寫稿（但她還是每天寫個不停），可以成天玩耍（但她發呆的時候比較多），不會肚子餓（雖然上邪會餵她吃飯），不用擔心經濟問題。

這說不定是她一生當中最像貴婦人的生活。

＊　＊　＊

但那一天，地震幾乎震垮公寓的那一天，整個島嶼迴響著絕美而哀傷的訃歌。

上邪匆匆回到家裡，抓著她，深深吸了口氣，「翡翠，妳該醒醒了。」

「什麼？」她嚇到了。

「其實，妳早就死了。」上邪下定決心，「妳死了。不要再留在這裡，早該投胎去了！別再留在這裡……」

他痛苦了很久很久，終於下了決定。

翡翠是人類，可以轉生的。只要她意識到自己的死亡，就可以進入輪迴，擁有新的人生。

就算忘了他。

這個世界最危急存亡的一刻，當然他可以離開，他也不是不知道回佛土的道路。但翡翠在這裡，轉生之後失去過去所有記憶，但她依舊在人間。他的繼子在這裡，他的孫子也在這裡。

如果舒祈那種六親無靠的人都願意自沉根柢……他可是比舒祈更有力的祭品。為了翡翠，他不能置身事外，為了翡翠，他要去。

碰的一聲，翡翠一飛沖天，撞到天花板貼在上面動彈不得。上邪抬頭瞠目，「……翡翠？」

她尷尬的想把自己弄下來，卻徒勞無功，「……原來我已經死了啊……」

難怪她總覺得不太對勁，所以她時序這麼混亂，不是因為她生病了，而是因為她死了，剛成為鬼不太習慣。

就像現在不習慣地心引力對她沒作用，貼在天花板而已。

後來還是上邪把她抓下來，她還頭重腳輕的抓著上邪才能穩住。「……妳懂不懂？懂不懂啊？怎麼還是這麼呆……妳死了啊！快去投胎吧！」

「才不要。」她顫巍巍的踏著地板，一步一飄，「我不要離開你。」

「但我要離開妳。」上邪的語氣很絕望。

「那我就等你回來。」翡翠很堅決，「你說過，只要我在，你什麼地方都不會去不想去。我等你回來。」

「你、一、定、要、回、來。」她點著上邪的胸膛，「因為我會一直等。你總不希望我成為什麼鬼故事的主角吧？你想避免這種尷尬，就乖乖給我回家來。」

點得太用力，她失去平衡，又往後面飄，直到撞到牆壁。一傢伙撞散了形，掙扎了一會兒才聚合。

上邪真的是又想哭又想笑。我為什麼會愛這種笨女人？為什麼愛她愛得要死？從生前到死後，一點一滴都沒有磨損。

「好，我會回來。」他在翡翠的手腕上纏了根銀白的長髮，讓她聚形更容易些。

翡翠用一種鬼魂才有的耐性等待。雖然有時候她會想摔杯子和尖叫，但杯子她總是拿不太到。

她簡直是憤怒的在家跌跌撞撞（所以地震也沒什麼感覺，隨時天旋地轉），等滿了一個月，她摀著臉哭。

（其實鬼魂不太會流真實的眼淚，不過她不知道，所以……地板溼了一大塊。）

「騙子！上邪大騙子！我恨你！男人都是禽獸騙子大壞蛋～」

「喂，我不是男人。」傷痕累累，微微駝背的上邪站在她面前，「我是男子漢。男子漢不撒謊的。」

翡翠想歡呼的衝進他的懷裡，卻又飛上天花板，脹紅了臉也下不來。

「……妳當鬼真的很沒天分欸！」

上邪回來，卻幾乎失去了所有的神力。他不肯細談，覺得這種事情不該是冷血的妖魔做的。但他卻在根柢與無大戰，讓舒祈與居民的降臨順利些，並且更加穩固住根基。

他很自豪。有了他的加持，就算是末日再臨，一切都毀滅了，這個小島會依然存在。

（是說剩下一個孤島有什麼意義?!）

在他力盡幾乎不能離開時，是舒祈和她的居民將他緩緩的傳出根柢。

「埋著我可能比埋妳好。」脫力的上邪說。

「未來的世界需要人看顧。而你，有人等待你回家。」舒祈淡淡的說，將他傳出去。而她，則蜷縮著身體，保護著燦月的主機。

指示燈明滅，燦月的世界運行不墜。

留著我也不能看顧什麼。他幾乎失去所有的神威。上邪變成一個平常的妖怪，有個變成鬼的笨老婆，在廢墟中重建幻影咖啡廳。

大劫餘生的熟客再來幻影咖啡廳，往往會熱淚盈眶。

「這麼感動？」上邪冷冷的說。

「……上邪，你的咖啡令妖怪胃穿孔。」

他頓上一大罐胃藥當作回答。

熟客很快就習慣飄來飄去的翡翠，偶爾還會幫她從狹小的細縫或電風扇上搭救出來。他們關店回家的光景很好笑，上邪得繫根頭髮在翡翠的腰上，翡翠會緊緊的抱住上邪的脖子。

有時候一疏神，她會突然往上飄，遠遠看，像是上邪在放風箏。

「……下來啊！」上邪真的氣翻了。

「……就下不去嘛！」

「從沒見過這麼沒天分的鬼。喂，妳真的是鬼魂嗎?!專業點好嗎？」

「拉我下去啦！」

等很久以後，翡翠才猛然想起。「我的墳墓在哪？」

上邪尷尬的轉頭，「……沒那種東西。」

「什麼？」她大驚，「為什麼我沒有墳墓？」

「……葬了我的五臟廟。」

她瞪著上邪，撲過去開始撕打，「你把我的屍體吃掉了?!你這混帳！你怎麼這樣……難怪我這樣少了什麼似的，你是缺乏什麼蛋白脢?混球……」

妳生前死後都少根筋，跟屍體吃不吃倒沒關係。大半的拳頭都透體而過……我該說什麼?當鬼當到這樣低能，也很不簡單。

「聽說被吃掉的人就不會離開！我當時傷心過了頭……」他住了口，轉過頭。「我不會再吃任何人了。」

翡翠的拳頭停在空中，她一臉壞笑的接近上邪，「上邪，我死掉你很難過對不對？你愛我愛得要死對不對？吃我的屍體應該是邊哭邊吃吧？」

「我、我哪有……」他不太自然的挪遠些，「別扯了，我去洗衣服。」

「你有沒有哭很久？」

「少囉唆啦！」

翡翠飄到他面前，促狹的看著他，「我很愛你呢，上邪。」

她半透明的臉龐靠過來，越來越近，越來越近……

一陣調皮的風吹過，她身不由己的被刮上天花板，又貼在上面動彈不得。

上邪真的忍不住了，轟然大笑。

「笑什麼笑？快拉我下去！」

番外　銀魄花鬼

五代十國，江南夏初。看遍了戰亂的龍玨，來到這蕞爾小國，一開始，就讓壯闊豐美的桃花林給震撼住了。

一望無際的桃花灼灼，在開始凋謝的季節，怒放著。飄著微微酸甜的濃郁香味，翠葉翻飛，落英繽紛。他伸出手掌，一片嬌弱的殘瓣，靜靜的飄在他的掌心，沁著天未明時的露水。

幾聲高昂的鳥鳴，蕭颯的落葉聲，更襯出桃叢深處的寂靜。

「龍公子？」即使是庸俗的宮女，讓桃花壓枝下，半遮面容，亦有楚楚之貌，「請往這來。」

遂蜿蜒前進到桃園深處的小巧宮閣之中，他也看見了自己的目標。令人驚異的，小小的女孩兒。一頭銀白的長髮，盤踞在草地之上，她摸索著，找到原本抱著的偶人兒，滿足的笑了。

抬頭正確的看著他，龍玨望進女孩琉璃般淡紅的瞳孔，他相信，她是看不見什麼的。這就是，名動天下的預言家？一個絕活不到成年的小孩子？懷璧其罪……

他深深懷疑，何必千里迢迢來殺這樣的一個小孩子呢？這種事隨便哪個人類都能做得比他好。「我用不著殺她。她根本沒辦法活著過完今年的冬至。」

「所以提早一點點結束她的生命，對她是一種慈悲。」龍玨按住心裡的不快，不想回頭看身後的主人。有時他會懷疑到底他像人類多一點，還是他的主人？

為了種族的延續，必須侍奉夏家的子孫，這是從遠到人類、天人與妖魔尚未分明的年代，應龍一族的宿命，但是這種宿命……卻讓龍玨越來越懷疑自己存在的價值。

包括必須結束一個明明時日無多的小孩的生命。

「給你一個月，務必要辦好。」沒有回頭的龍玨令夏環的臉色陰沉了一下。身為一個魔物……居然用這樣的態度面對主人。好幾次他都想乾脆毀了這個下賤的妖怪，要不是看在他的本領算得上數一數二的，他會很高興的把龍玨支解成好幾塊。

龍肉湯極其美味。

等箇直會刺穿人的壓迫感消失後，他知道夏環離去了。一個月？誰能忍耐這種內心的交戰一個月呢？他走近那個小女孩，看進她琉璃紅的瞳孔，悲憫的。

我不殺她……會有其他的人來爭先恐後。不如……現在讓她毫無痛苦的離去。他將手慢慢的放上她的天靈蓋……

「嘶」的一聲輕響，一小捆晶亮像蛛絲的銀線，纏緊了他的手腕，阻住了他。風梳桃葉，發出細碎如潮浪的低吟，自遠而近。紅落紛飛，夾雜著細碎雪白的李花，衣袂飄搖。他看著緩緩從樹梢飛落的女子，舉起長長的衣袖，漂浮在半空中，美麗的，桃花林中的魂魄。

就像那小女孩突然長大一般，同樣有著銀色柔細的長髮，同樣有著粉玫瑰白的面容。甚至紅色的瞳孔……這精魂，離地兩尺飄動著，用著衣袖半掩著口，酒紅色的眼睛，令人詫異的，平靜的望定他，那是葡萄酒的顏色。那是一種令人沉醉的顏色。

纏在他手腕的銀髮，像有生命的一樣，鬆開他的手。她抱起那個小女孩，那女孩親暱的偎在她的頸項，兩張精緻的臉，映著桃花紛飛的落英中。

她微笑，輕揚其袖，慢慢消失在龍玨的面前。這，才是要我動手的原因吧。他呼吸著桃花特有的酸甜香味，咀嚼著剛才的相遇。

揑著口訣，用「唵」這個古老的咒語，喚出當地的土地神。

土地神恭敬的離去甚久，壓在龍玨心頭的沉沉，卻不曾或離。

天不管，地不收……桃源深處的無辜精魄。

就像他的目標一樣的無辜。

次晨，再見到她們倆時，先察覺他的，竟是那小小的公主。微微的笑著，拉著花鬼的衣裳。

她遂將火紅酒色的眼眸凝望著龍玨，也因此龍玨心悸如醉酒。

「又護得了幾時呢？郡主娘娘？您逝去幾百年，這孩子的歲壽只剩一瞬間。」

「就算一瞬間的命運吧，誰又有權力拿走她殘存下去的生命？」花鬼將公主收進懷裡，揚起袖子半遮著泛起紅暈的臉頰，那紅暈也燒著龍玨的心。

天不管，地不收……無辜的郡主娘娘……十二歲就被綁赴桃花下，支解祈雨的郡主娘娘……

分不出是憐惜還是憤怒，龍玨全身發熱起來。

「妳知道是誰要我殺了那孩子？」他指著小小的，乖順的蹺在花鬼懷裡的小女孩子，「是她的父親哪，為了她從來不曾失誤的預言……」

默然。在新春歡欣的帝王家宴，出生以來沒有名字，只被稱為公主的銀髮小孩，指著自己的父親說，「父王。您將破開肚腸，哀號數日方死。請您養信修睦，避免殺身之禍……」

這才替銀髮的小公主引來殺身之禍。

「殺了預言者……就可以躲開了正確的預言……是嗎？」花鬼臉上的紅暈漸漸褪去，和煦的春風漸漸肅殺，她的面孔漸漸雪白，漸漸哀絕，懷著小公主，倒退的隱沒入桃林繽紛。

龍玨追隨而上，卻讓銀絲般的長髮，天羅地網的迷住去路。

讓我……解除她的痛苦吧……那可憐的小公主。郡主，妳看不出來嗎？小公主的每一口呼吸對她來說，都是一種折磨，一種無法呼吸的折磨。若非妳度氣續命，她怎可能活到現在……

龍�星停下了腳步，微寒的絲雨侵入他的衣襟。

幾次搶攻，都讓花鬼擋了去。

郡主無意與他為敵，交手只求力保公主，沒有意思見血。遇到這樣無求的對手，即使賣再大的破綻，郡主也只當作不見。

龍�星也明白，真要小公主的性命，甚至連郡主的千年道行，都不是困難的事情，但是……

她那酒紅的眼眸，銀白飄揚的長髮，就是讓他沒法子下手。

你能折下開滿桃花的花枝，又怎忍心將嫩蕊棄置於地，踐踏折辱之？

但是……他聽見小公主喘息的聲音，又是千般的不忍。

「讓她去吧，她原本無法成年……這樣子零零碎碎拖著痛苦，妳怎忍得？」

懷著痛苦的小公主，用千年道行來順氣，哀戚的郡主，連頭也不回：「蜉蝣朝生暮死，誰又有權因此絕滅全天下的蜉蝣？」

良久，漫天紛飛著雪李粉桃的花瓣，風漸漸的淒冷，像是劃過郡主臉上，芳香的淚一般。

「天庭……接過妳回去吧？郡主……妳的罪已經被赦免了，難道為了這個小公主，妳捨去了升天的機會嗎？」

這才回過有著淚痕的，粉玫瑰白的面孔，兩張相似顏色的臉，相偎著。

「我的罪……是什麼呢？」

龍玨心底，微微的抽痛著。

「因為……我不知道，殺我的父王，我是該叫父親……還是祖父。我不知道……生下我的母親……應該叫她媽媽，還是叫她姊姊……」臉上微微出現愁容，在紛飛的落英下，銀髮的郡主在哭泣，「這就是我的罪？那麼……地獄不收我，卻因為我本身沒有罪愆……」

龍玨不語。微微的啜泣聲，在寂靜的桃芳深處迴響著。

千百年來，天不管，地不收。

一縷無辜的冤魂，只能在這桃林裡，忍受霜欺雪侵，暑氣蒸騰，如許多年。

吸收桃花的一點香氣精華，用著沒來得及認識罪惡的心靈，漸漸修煉成花鬼。在這王宮附近的桃林裡，配享一點點小小的香火。

千百年來，天不管，地不收。

沒有夥伴的孤獨……龍玨看著她寶愛的小小公主，心裡不禁惻然。

這樣的啜泣下去，她嬌弱的身子，怎承受的起？他伸手，受驚的郡主將袖一揚，就要飛離，卻讓龍玨快一步捉緊了她的袖子。

她將臉一偏，用袖子和長髮矇住了自己的臉。

「讓我看看妳的臉。」不要再半蒙著。

花香，隨著羞赧和臉上的泛紅，漸漸濃郁，醉人。

那怯怯的，柔弱面薄的郡主，第一次抬頭，盈盈淚光的看著他，龍玨被這淚光迷惑，輕輕的吻了她芳香的臉頰，受驚的她，飛快的隱入桃林，桃葉枝枒掩蔽著她的去處。

唇上的芬芳未去，龍玨輕輕撫著自己唇上殘留的柔軟，失神。

淺綠深碧的重疊桃林中。

再見到花鬼郡主，龍玨寧挨她的攻擊，也緊緊的抓住她的水袖，不肯讓她輕易的逃去。

再也不願。

看著他嘴角沁著碧綠的血，郡主感到慌張。不，她無心傷害任何生靈。尤其是他。

「對不起……」雪白的手指想撫看龍玨的傷口，遲疑著不敢碰，他卻捉住那冰冷雪白的手，郡主趕緊別開臉。

「為什麼對不起？為什麼總是蒙著臉？」

「我……我……」貴族家的教養，即使在死去千年之遙，仍然深重的禁錮著她。從來不曾真正的看過任何男子，除了……殺死她的父親。

那也是在被殺的那一刻，她看見。

飛舞的桃瓣碎李，漸漸失去顏色……看出去只見一片朦朧……淚水的朦朧。

她的父親……也是她母親的父親……鋼冷著臉，看著即將死去的她，手裡持著劍。

那一刻，她明白，父親的心裡是喜悅的。

她的存在……不停的提醒她的父親……曾經對自己的女兒做過什麼樣的獸行。只要她死了，這些獸行當然就消失了。

就像小公主死了，預言就不會實現一樣。

「因為我們外貌不同常人……所以……生下來就不曾有名字……」她真正的看著龍玨，「龍王……為什麼……我們不能夠存在下去？」淚水蜿蜒在粉白的臉上，發出陣陣的香氛。

為什麼？是呀，為什麼？如果必須無謂的殺生，才能夠延續下去的種族，有什麼延續下去的意義？

為了夏家的貪婪，我們，在當他們無聊的殺人工具。

他對郡主點頭，擁緊她嬌弱的身體。從來不曾，從來不曾愛戀過任何生靈，甚至為了延續種族，和夏家的女兒成親，他也痛恨那種親暱，連自己的族民都碰他不得。

但是現在……現在他卻這般的希望，能夠擁緊懷裡的銀魄花鬼。

漸漸漸漸……郡主卻在他懷裡消逝……化成馥郁的分子，侵入他的身體。龍玨閉上眼睛……感覺到每一個細胞都被融入，融化，融合。

被芳香的霧然郡主，透明的吻著，緩緩的入侵他。在每一個細胞和每一滴血液中，芳香的入侵。在皮膚上起著歡然的戰慄。

啊……兩個生靈無聲的嘆息……沿著神經主幹竄燒著快感，由不知人事的花鬼郡主，無邪的侵占。

比緊擁更緊擁，比插入更深入……每一縷呼吸，每一個心跳，都讓彼此神魂俱失。

郡主……恍若昏迷般，精魄消散碎裂，直到天際之遠……

等醒過來時，郡主燒紅著臉，馴服的伏在他的胸口。

「看我。」龍玒托起郡主的臉。

再美的精靈鬼魄他都見過，但是，他獨獨把心遺失在她的身上。

總是淚眼朦朧的眼睛，葡萄酒色的瞳孔。

芳香。這樣包圍著他們。

「我給妳名字，芳菲，好嗎？」

芳菲……輕輕的念著這個名字。郡主微笑，淒迷的。滿園桃李紛紛，秋霜即將降臨。

「芳菲凋謝花事盡……指景為姓，我就姓謝吧。」

龍玒心頭微微一震。

互相攙著手，良久。

芳菲終究要謝盡，但是縈繞在心頭的喜悅和悲感，卻會輪迴不止。

即使過了數千年之久，總是不會忘記那個黃昏，芳菲臉上身上，拂不盡的凋零落花，和微帶愁容的笑顏。

夏去也，太匆匆。

行走在空無一人，唯有小公主居住的宮闕，斷了她的飲食水源，斷了藥餌和照顧，居然仍然活著無可更改的預言師，這將是，躲在王宮發著抖的國王，害怕到了極點的夢魘吧？

看見公主，坐在芳菲留下來的結界，看不見的她，正摸索著穿著一整盤珍珠。

這樣消遣時光？龍玨微笑。

放下那盤珍珠，公主緩緩的倒在地上，開始哮喘起來。

一個箭步，正準備破壞結界時，公主將手伸向他。

信賴的伏在他的懷裡，龍玨度氣給公主，讓她能呼吸下去。

「我是來殺妳的。」龍玨喃喃著。

「你不會殺我，我知道。」小小的，精緻的臉龐，用看不見的眼睛看著他，薄冰似的紅色眼眸。

讓她看得不太自在，「芳菲呢？」

「有女人生產，郡主去幫忙了。」

龍玨啼笑皆非，「還沒成過親的大姑娘，能幫什麼忙？」

「那可不一定，郡主可是高超的大夫，幾乎沒有什麼毛病難得到她，包括你的病。」

「我？我有什麼病？」

「心頭煩悶，輾轉反側，寤寐思服，無有已時。這病入膏肓了。」

被這般小的女孩子說破了心事，倒讓龍玨紅了臉。

「妳說話像個小孩行不行？」

她笑著抱緊龍玨的頸子。

共同在陽光遍野的桃花林裡散步。她伸手摘了一枝桃花。

「看得見？」

「我感覺得到氣。郡主會讓我看見。」

看見？芳菲是不得看見的。她成為幽魂多年，不可能看見什麼，頂多，感覺得到，「氣」。

這讓龍玨感傷。

看她梳葉分花的飛來，想到這麼美麗的眼睛，什麼也看不見，憐惜。

「誰說我看不見？」芳菲笑著，將雪白的手執著龍玨，剎那間……

隱約的，白霧漂蕩，像是染滿月光的海底。整個桃林的鮮豔，褪成淡淡的粉紅，和李花的雪白相差不多的，緩緩的落下來。

白霧……蜷曲著，繚繞著……整個桃林，連天空都是淡淡的淺藍色，籠著月光般的霧。海洋似的霧。

遍染月光的桃源深處……

龍玨明白了。逝去千年的芳菲，憑著氣的感應，回憶生前的景象，合在一起，就讓她「看見」。

這些霧……這些朦朧……畢竟距離芳菲生前已然千年，她的記憶也漸漸淡薄。於是她「看見」的東西，將會漸漸消逝。

「也許再千年，也許百年，或者……明年……後年……明天。我將會什麼都不記得，就「看」不見了。不過……現在，我……看見。」她微微的笑著，沒有怨尤。

強光一閃，像是強烈的陽光穿透了低矮的雲層，芳菲不禁用袖躲著光，再睜眼時……

鮮豔的桃花在風中招展，空氣充滿甜蜜的氣息。深刻的線條，豔麗的陽光，滾滾的白霧消失，看見的是一片鑠金閃爍。

陽光下的桃花林……睜開眼睛，這是……

一切都是這麼光亮，這是龍王的眼睛所見。

上至三十三重天，下至九之九黃泉。運用著不可思議的神通，讓逝去已久的芳菲，重新看見一切。這世上的一切，在短短的一瞬間。

然後將這一切記住，好再撐過千年。

緩緩的，流出銀亮的眼淚，微微酸甜的桃花香氣四溢，在這個夏去秋至的季節裡。

「在等待什麼？」輕輕的，龍玨問。

「等待雪季。等待秋天後，第一場的雪季。」

「雪季？」

「我想看下雪……」小公主開始困倦，芳菲抱住她，「我想看第一場雪……」

只是這樣？只是這麼卑微的願望？

「對。」芳菲微笑，微微蹙著眉。

他默然。悄悄的，消失了小公主的氣息。

「這樣，就沒有人知道，公主還活著。一個月就要到了……」望著天邊漸漸圍攏的雲，「我先回去覆命。」

「但是……萬一被發現公主還活著……」

「那也是一個月以後的事情了。」龍玨攏了攏她的銀髮，「那時……初雪可能已經下過了。」

沒錯……照人類的腳程，要到夏家通報公主未死的事實，一個月馬不停蹄，恐怕都不夠……

但，這是不是表示，再也見不到龍玨了？用袖掩口，不讓自己掉下淚來。

「你們會再見面。會的。會再見面。」看起來像是睡著的公主，輕笑著說。

「我會回到妳的身邊。」龍玨保證。

是的，族長不會允許他將芳菲帶回去。幽魂是不能繁殖後代的。但是比起延續種族，他更希望，和銀魄花鬼的芳菲，靜靜的在桃林深處循環四季。

這種沒有意義的延續，他已經厭倦了。抱自己不喜愛的女人，努力的讓她生下小孩。夏家的女兒和應龍一族，都成了被禁錮的奴隸。

生下來的，幾乎都是人類的小孩。這些人類的小孩，幾乎應龍一族都不再看到。長久的，服侍夏家千年之久，卻也只得到了六個應龍的孩子。

種族的延續，真的這麼重要？應龍一族就算是滅絕，其他的物種也會遞補上來。這麼……重要？重要到得屈辱族民求繁衍？

被放逐到人間的應龍……苦苦的在人間繁衍……

「是的，我會回到妳的身邊。」擁著柔軟花魂的芳菲，他發誓。

戀戀的，望著他的背影。空空的宮闕，迴盪著他的足音。

「他會回來。很快的。」公主唇間，含著幾乎看不到的微笑。

從來沒有懷疑過公主的預言，但是這一次，她心底強烈的失落，讓她慌張。

龍玨……

像是呼應她的思念，她感覺到他的氣在接近。

「龍玨？」

*　*　*

似乎聽到郡主的呼喊，龍玨回頭看。

怎麼了？突然消失了郡主的氣息。芳菲？怎麼了？

站在國界，猶疑的回頭望著，初秋微微的細雨，紛紛落落，輕輕的在油紙傘滴滴答答。

「夏環？」他皺起眉毛，糟糕，他怎麼又來了？

「好大的膽子，龍玨，居然敢直呼我的名諱！」夏環陰暗著臉色，領著三個孩子走過來。

孩子？倒豎著爬蟲類特有的金色瞳孔，個子小小的應龍孩子，居然離開百般保護他們的家園，隨著夏環而來。

龍玨的厭惡感更深了。

「夏環，為什麼把我們的孩子帶出來？」

「你別忘了，應龍一族，是為了侍奉夏家而存在的！」一揮手，那三個孩子撲上來，龍玨忙著將他們彈開。

展開一場不平等的戰鬥。雖然龍玨的功力高深過這些孩子，但是為了不傷及他們，格鬥起來，分外吃力。

可惡！好容易發掌氣將他們逼退制服，卻遭了夏環的暗算。

看著透胸而過的森冷劍鋒，發怒的龍玨將劍尖拗斷，迴掌打折了夏環的腿骨。

「你這個該死的魔物！你忘了你們種族和我家簽下的契約嗎？」既驚且懼的夏環，痛得大罵龍玨。

還沒來得及回答，桃樹梢卻落下了一團血淋淋的東西，仔細一看，隱約看得出是個人體。

但是憑著微弱的氣息，龍玨卻像落入玄冰之中。

這是六個應龍孩子當中的一個。抬頭，第二個叉在斷裂的桃樹枝枒，第三個只憑肚裡的腸子纏繞著，晃晃盪盪。

空氣漸漸森冷，漸漸陰暗。

破空恐怖的叫聲，撕裂每個人的耳膜。嚇傻了的三個孩子抱成一團，卻被巨大尖銳的桃枝叉成一串，來不及叫就死了。徒留徒勞的抽搐。

拯救不及！驚怒的龍玨揮掌而上，卻被千萬縷銀絲纏住了手。

赤裸的花鬼，身上滿是傷痕，滿天泛紅的銀髮，飄揚。鮮血似的眼睛，發著奇特的閃亮。

兩手巨大的爪子，隨時準備劃開敵人的肚腸。

騙人……這不是……這不是我的芳菲……

臉上一陣大痛，他略一疏神，被抓傷了臉，留下很大的傷疤，他迴掌，花鬼被擊中了後背，張嘴咳出一大口鮮血，馥郁的香氣，如酒的四溢。

不是鮮血，千年來桃花的精髓，漸漸從她體內流失。

但是漫天的哀怨狂怒……卻讓花鬼失去了理智，瘋狂的擊殺龍玨。

不！芳菲～不要這樣……

看她飛身跳起，赤裸著身體，甚至私處也大張的撲過來，龍玨還來不及意識，發現自己的手，已經穿透了她的前胸。

她咳，精髓滴落，染得龍玨的手淡淡的粉紅。

看起來豔紅的精髓，到頭來慢慢的揮發到空氣中，千年的芳香，哀傷的釋放。

眼淚緩緩的流出來，她向後倒下。原本纏在滿天銀髮中的公主，終於著地。

公主的狀況比瀕死的芳菲更不忍卒睹。滿身血污的她，幾乎沒有完整的骨骼。只剩下右臉還完整。

原來……這就是芳菲瘋狂的原因。漸漸死去的芳菲，漸漸冰冷的公主。

抱著她們兩個人，龍玨開始落淚。

不……

「下……下雪了嗎？」應該死去的公主，居然在心底微弱的說著。「冷……是要下雪了嗎？」這樣痛苦的重傷，她居然還活著。

雪……為了這麼薄弱的理由，為什麼這麼執著？人類為什麼這麼執著？芳菲……公主……為什麼這麼拚命還要存在下去？

龍玨狂亂的呼嘯起來，應龍怨恨的狂叫，呼喚來了暗沉沉，隆隆暴雷的雲。

飛沙走石，在初秋仍然熾熱的天空，開始飄下悲傷的初雪。

「呵……」完整的右臉，微微的出現一絲笑容，伸出小小的，粉紅色的舌頭，接著飄下來的，冰涼的雪珠。

「雪……是雪……」她不再動，緩緩的在雪地裡冷硬。

芳菲的芳香漸漸在不止的雪裡逸失。不見蹤影，連可供憑弔的遺體都沒有。

不……不要離棄我……

龍王矇住自己的臉，瘋狂的哭泣，因為龍王的哀痛，引來了狂暴的風雪，半埋了這個山國。

＊　＊　＊

突然下起的暴雪，只讓百姓家慌張苦痛，皇宮早已燃起火盆和炕。

猶罵著侍兒給他的洗臉水太燙的國王，看見暴怒的龍玨站在他的面前，更是生氣。

「你不是那個夏環的鬼神嗎？不去殺那賤人，來這裡做什麼？」

「你管自己的女兒叫賤人嗎？」龍玨的聲音越發陰冷，「你管自己的女兒叫賤人嗎?!」

鋒利的龍爪劃破他的胸腹，卻沒有流出血來。慘叫的國王，在地上翻滾嘶嚎。

「你……高興吧……你的女兒死了……但是……你也該應她的預言！」化成銀白的龍，衝破屋頂，飛騰到空中。

國王直到長滿了蛆，哀號數天，這才死去。

＊　＊　＊

半埋的山國，龍玨的哀傷沒有止息。

這次莫名的災難，凍死了許多人，終於，人類商議後，獻祭了少女。就在大刀砍下的那瞬間，龍玨殺了劊子手。

四散奔逃的鄉民，準備獻祭的少女，卻無所畏懼的看著龍玨。

外表平凡的女孩子，卻瞪著他，「快吃了我，然後滾吧。讓我的父親弟妹活下去！」

龍玨指了指路，要她走。

她卻焦急了起來，「你嫌我不夠漂亮？但我是自願的！」

不是因為這樣。龍玨回頭看她。

「我不想看著父親弟妹這樣子死去！請你吃了我，平息怒氣後，趕快離開吧！」

人類阿……你們是邪惡還是純良？

看著少女的神情，他想起郡主。無辜死去的她，繼續在死後護佑鄉民。

呵呵……親愛的郡主芳菲……

他折斷頭上的龍角，血淋淋的嚇壞了少女。

「拋棄應龍的身分。芳菲，我只能替妳做這件事情了……」花鬼的她，劈破了靈體，就此不存了，連重生的魂魄都沒有。

為妳觀看這個世界，為了看不見的妳。是的。為了妳。

風雪停了。「回家去吧。」他對少女說。

他也要離開，為了已經不存在的芳菲離開。

*　*　*

緩緩的，在幽暗的潛意識裡漂浮。芳菲大半的靈體和記憶已經喪失，只剩下一點點的眷戀和執著。

龍玨……為了什麼，要和父親一樣，殺了我？沒有眼淚的悲傷，隨著消逝的記憶而薄弱。

郡主。妳怎麼可以、妳怎麼可以遺棄我？

在所剩無幾的靈體裡，被封印的鬼魂，因為封印力量的消逝，將剩下的靈體連結，不讓崩潰繼續。

看著半邊臉美豔，半邊髑髏的鬼魂，記不起她的名字。

我？鬼魂偏著頭想了一下，「我只記得我死於唐朝天寶年間，成為惡鬼已久，不復記憶自己姓名。郡主……妳說的話，怎可反悔？」

郡主？誰？我？

「妳說，我們可以一起存在下去……為了什麼，妳要拋棄我？」

我說過？為了什麼，不可以繼續存在下去？

「我們走。一起找個死嬰寄生，一起生存下去……」

……………

* * *

那人的眼睛，有著豎起來的金色瞳孔。芳菲看了之後，心裡的一點點異樣，又讓別人給分了心。

「狼來找我。」

「我知道，唐時。」

和唐時一起又存在了千年之久。若是宿主死亡，就離開再找一個死嬰寄生。

在死人的身體裡輪迴，但是失去的能力和記憶，怎麼都回不來。唐時在封印中沉眠，所以也完全不知道自己的過去。

遺忘了一切，只記得自己的名字，謝芳菲。

芳菲謝盡花事過。

遺忘了重要的事情。怎麼也想不起來的事情。那是一個閃亮的，線條分明的事情。但是我想不起來了。

那女子的身上，有著微微的香氣。龍玨看了後，心裡的一點點異樣，卻讓來襲的妖魔分了心。

現在他叫做龍玦。訣別應龍的身分。

他的手上殘留著粉紅，千年了，像是心裡的愧疚，還留著芳菲的血跡。

懺悔這麼長久，為了自己背棄了芳菲……他要長久懺悔下去。

是的，為了不存在的芳菲。在這個，微微飄著她的香氣的，世紀末的都城裡。
流浪下去。

作者的話

《禁咒師》終於完結了。

我相信這對讀者很殘忍，大概會從頭哭到尾，但我也沒辦法……只能說聲抱歉。心臟比較弱的讀者可以認為故事只到第三集就完結，這樣可能會比較愉快。

這套小說是早就設定好的結局，我曾苦惱的想過，是不是不要太慘或者是迴避過去……結果還是坦白誠實的交代了結局。

但我並不覺得這是壞的結局，真的。我覺得，求仁者得仁，這是最棒的。就像我希望我能死在電腦桌前，直到斷氣前的那一刻還在寫作，這才是我應該的結局。

我不想無聊的死在病床上，無聊的苟延殘喘。我希望我能活得精采、死得漂亮，能夠對著自己大喊一聲：「**Bravo！**」

就像麒麟為了貫徹的惡搞自豪，我也為這套小說感到自豪。原本以為，我跟時間競賽，可能會輸掉，沒想到我居然可以寫完。

在身體狀況頻傳，環抱著憂心和恐懼的冬季，我居然平安寫完，沒有送醫院或更糟糕的狀況，我覺得非常感恩了。

當然也有讀者抱怨，《禁咒師》只有七部實在太短。我只能很抱歉的說，如果合併平行的《妖異奇談抄》（又名《幻影都城》）就足足有十四本，架構超級龐大了。饒過我這倒楣的作者吧……

《禁咒師卷柒》附錄了三個短篇。一個是〈起源〉，這是我整個世界觀最開始的設定，但這不是最高最正確的設定（笑）。

有的讀者會有疑問，為什麼我故事裡的許多設定從不同的人口中轉述，卻有著細小的分歧和差異。應該說，若是通通一樣，那才不正常。重重轉述和文字記載都不可能呈現完全的真相，誰又是當事人呢？所以我們得從這些說法裡頭去看、去聽，整理出一個最接近的真相。

最接近，卻不是真正的真相。

更簡單說，不過是「盡信書不如無書」。

至於〈翡翠〉，我相信許多讀者會關心上邪和她的結果，但我不太可能寫上邪三，所以用個小短篇來說明他們的「現況」。因為短篇結構的關係，我無法說明更多，但可以在作者的話說一下。

翡翠因病過世時已經是祖母了，當然也已經是個老婦人。但上邪依舊愛這個笨女人，甚至是她臉上的皺紋。她成了鬼魂，不管是相貌和記憶都回到與岑毓共居的日子。那畢竟是她一生最快樂的時光……最快樂，卻不是說岑毓長大她就不快樂了。

她和上邪一直過著非常平靜的生活，直到死亡也沒把他們分開。

另外一篇的〈銀魄花鬼〉，這解釋了《雙心》（又名《禍胎》）的謝芳菲的身世，還有明峰找的那位應龍龍玦。

應龍一族雖然幾乎被屠戮殆盡，卻有部分族民被身為人類的夏家祖先庇護，瞞過了帝嚳的追殺。因為應龍一族成為了夏家的「式神」。身為式神，一方面被庇護，但另一方面也被束縛。

一開始，夏家祖先是出於善心，但後代開始貪於權勢、奴役應龍，這又是始料非及的事情。之後夏家後裔凋零，最後一代終結，將應龍的式咒解除，但應龍原是神族，在不適應的人間也死得差不多了。

最後明峰找到的就是兩位：龍玦、應龍少主。

再寫下去就變成「應龍史」了，所以我交了銀魄花鬼了事。別再跟我要《應龍祠》……雅書堂不出古裝的……（遠目）

我呢，不知道是自掘墳墓還是作繭自縛，總是弄出無比龐大的設定，足足有電話簿那麼厚。我自己想到都會覺得沮喪，所以不要指望我會去寫電話簿般的設定集。

或許等我退休吧。只是我不知道幾時可以退休啊……

不過我對這個結束感到相當自豪，如同麒麟般。感謝大家一路陪伴，希望我們會在《殁世錄》相逢。

蝴蝶2007/12/31

國家圖書館出版品預行編目資料

禁咒師 / 蝴蝶Seba著. -- 二版.
-- 新北市 : 雅書堂文化, 2016.02-
冊 ; 公分. -- (蝴蝶館 ; 1-3, 5, 7, 10, 13)
ISBN 978-986-302-288-6(卷1 : 平裝). --
ISBN 978-986-302-289-3(卷2 : 平裝). --
ISBN 978-986-302-290-9(卷3 : 平裝). --
ISBN 978-986-302-291-6(卷4 : 平裝). --
ISBN 978-986-302-292-3(卷5 : 平裝) . --
ISBN 978-986-302-294-7(卷6 : 平裝) . --
ISBN 978-986-302-296-1(卷7 : 平裝) . --

857.7 104027858

蝴蝶館 13

禁咒師〈卷柒〉

作　　者／蝴蝶Seba
封面題字／做作的Daphne
發 行 人／詹慶和
總 編 輯／蔡麗玲
執行編輯／蔡毓玲
編　　輯／劉蕙寧・黃璟安・陳姿伶・陳昕儀
執行美編／陳麗娜
美術編輯／周盈汝・韓欣恬

出版者／雅書堂文化事業有限公司
郵政劃撥帳號／18225950
戶名／雅書堂文化事業有限公司
地址／新北市板橋區板新路206號3樓
電子信箱／elegant.books@msa.hinet.net
電話／（02）8952-4078
傳真／（02）8952-4084

2008年2月初版　2020年05月二版3刷　定價240元

經銷／易可數位行銷股份有限公司
地址／新北市新店區寶橋路235巷6弄3號5樓
電話／（02）8911-0825
傳真／（02）8911-0801

Seba・蝴蝶

Seba · 蝴蝶